总有一天会长大

十个月的奇迹

[美]罗布·布耶 著 徐海燕 译

时代出版传媒股份有限公司
安徽少年儿童出版社

著作权登记号：皖登字12222095号

BECAUSE OF MR.TERUPT by Rob Buyea
Text copyright © 2010 by Rob Buyea
All rights reserved including the right of reproduction in whole or in part in any form.
This edition published by arrangement with Random House Children's Books, a division of Penguin Random House LLC.
Simplified Chinese translation copyright © 2023 by Shanghai Huishi Culture Co., Ltd through Bardon-Chinese Media Agency
ALL RIGHTS RESERVED
本书简体字版权归上海徽狮文化传播有限公司所有

图书在版编目（CIP）数据

十个月的奇迹 /（美）罗布·布耶著；徐海燕译.
—合肥：安徽少年儿童出版社，2023.9（2025.4重印）
（总有一天会长大）
ISBN 978-7-5707-1900-6

Ⅰ.①十… Ⅱ.①罗… ②徐… Ⅲ.①儿童小说－长篇小说－美国－现代 Ⅳ.①I712.84

中国国家版本馆CIP数据核字（2023）第082761号

ZONG YOU YITIAN HUI ZHANGDA SHI GE YUE DE QIJI
总有一天会长大·十个月的奇迹

［美］罗布·布耶 著
徐海燕 译

出 版 人：李玲玲	策划统筹：张春艳	责任编辑：张春艳
责任校对：唐　悦	责任印制：郭　玲	特约编辑：陈　奇
封面绘图：桔皮吉	装帧设计：叶金龙	内文插图：陈忆航

出版发行：安徽少年儿童出版社　　E-mail：ahse1984@163.com
　　　　　新浪官方微博：http://weibo.com/ahsecbs
　　　　（安徽省合肥市翡翠路1118号出版传媒广场　　邮政编码：230071）
　　　　　出版部电话：（0551）63533536（办公室）　63533733（传真）
　　　　　（如发现印装质量问题，影响阅读，请与本社出版部联系调换）

印　　制：安徽新华印刷股份有限公司			
开　　本：635 mm × 900 mm　1/16	插页：4	印张：11.5	字数：105千字
版　　次：2023 年 9 月第 1 版	2025 年 4 月第 4 次印刷		

ISBN 978-7-5707-1900-6　　　　　　　　　　　　　　　　定价：29.80元

版权所有，侵权必究

我举起手："T老师，我想到了一个。"我走到黑板前，写下"butthead"这个单词。身后立即响起一阵哄笑声。

她正弯着腰数草,这是个绝佳的机会!T老师正忙着帮别人,所以他看不到我的举动。我尽可能地抓紧硬纸板,膝盖微屈,就这么扔出"飞盘"。

我目不转睛地盯着跳来跳去的电脑屏保图案,然后杰茜卡说了一句从来没有人对我说过的话:"杰弗里,这不是你的错。"

这时候我已经站在莱克茜身边,但她仍然没有察觉。她把脸埋到 T 老师床上,轻声哭起来……我伸出手,放在莱克茜的背上。

T老师挺过来了！那个，他在学期最后一天毫无征兆地突然出现了，真是最大的惊喜。每个人都冲过去拥抱他。

爱与理解创造"奇迹"

李祖文（特级教师、"百班千人"总导师）

拿到这本书，我就在找"奇迹"。

卢克、彼得、杰茜卡、杰弗里、莱克茜、安娜、丹妮尔这七个读五年级的孩子是同班同学，故事就发生在他们中间——一位新来的T老师要带他们班。一开始，孩子们对T老师或冷眼旁观，或带着逆反心理处处"刁难"，但T老师用很特别的方式走进了他们的心里。当孩子们经过努力，获得一次户外活动的机会时，意外发生了——T老师昏迷了几个月。在所有人的关心和帮助下，最终，T老师的手术十分成功，他醒了过来，孩子们和T老师可以在下一个学年的幸福学习生活中互相陪伴。这样的故事有"奇迹"吗？似乎就是一个平常的故事，似乎我们都可以乐观地想到最后的结果。

那到底是什么"奇迹"呢？书名《十个月的奇迹》似乎在暗示我们，这"十个月"指的是这些孩子的完整的五年级时间。这十个月，究竟发生了什么可以称之为奇迹的事情呢？

七个孩子改变了

我们不妨来回顾一下十个月前孩子们是什么样子：

彼得，一个调皮的孩子，新学期一开始，就想方设法给新来的T老师制造麻烦——总是借故上厕所，由此来表示自己的特别。

杰茜卡，一个新转来的学生，也是一个爱读书的孩子，学习与品行似乎都不错。但是她的爸爸妈妈分开了，这也是她一系列特别行为的原因之一。她与彼得等同学造成了T老师被雪球击中而重伤昏迷的意外。

卢克，一个学习极好的孩子，也是一个喜欢尝试新事物的孩子。在T老师的鼓励下，他的尝试越来越大胆，甚至差点儿让教室失火。

莱克茜，一个有较多问题的孩子，她善于用"大话"来掩藏自己的自卑，她的爸爸妈妈似乎也出现了很大的问题。于是，她开始在学校拉帮结派，在班级中制造紧张气氛，加深同学之间的矛盾。

杰弗里，来自另一种特殊的家庭：他的出生是因为他的父母想用他的骨髓挽救哥哥迈克尔，但"营救"的结果并不理想，生病的哥哥还是失去了生命。整个家庭因此变得一团糟。

安娜，来自一个单亲家庭，她的妈妈在18岁时就生下了她。这种情况造成了安娜和妈妈始终无法融入身边的社交生活中。

丹妮尔，一个胖胖的女孩子。"胖"给她带来了无数的麻烦，最大的无疑是同学的嘲讽与孤立。

每一个孩子都有着各自的烦恼。一个新老师，带领着一群这样的孩子，境况可想而知。

那"十个月"后怎么样了呢？

彼得，不再肆无忌惮，在T老师和同学们的帮助下，他摆脱了心理阴影。

杰茜卡，终于融入班级里，不再想回到加州去，心中对于T老师的歉意也终于放下，对于未来的生活也充满了信心。

卢克，越来越盼望着六年级的到来。他热爱学习，更热爱"有魔法"的T老师。

安娜和丹妮尔的纠结，似乎在T老师做手术这件事情过后慢慢地解开了。

杰弗里、莱克茜同样如此，一个用自己的正向情绪促使爸爸妈妈改变；一个努力做自我的转变。

十个月后，他们身上发生了他们自己都没有想到的变化，这可以算是奇迹了。

七个视角看同一件事

可是，我还是觉得这个"奇迹"不够大，又总觉得这个"奇迹"存在着。到底是什么呢？

卢克、彼得、杰茜卡、杰弗里、莱克茜、安娜、丹妮尔这些名字为什么总是不停地闪现在我的眼前呢？为什么我读完这个故事之后还能够一直记得他们呢？突然间，我发现自己读了一本很奇怪的书：

七个孩子总在不停地说，都用"我"的视角"接龙"似的说，好像是谁在拍一部关于一个班级的纪录片：作家的叙述手法像记者采访一般，面对同样一件事，依次采访不同的孩子。通过不同的人的叙述，还原一件事情的真相。

彼得

世界上有老师这种生物真是糟糕透了，可是，既然我们没有办法摆脱他们，就只能希望不要遇上一个经验丰富的老教师，最好来个什么也不懂的新教师。

卢克

我喜欢上学，我的功课很好，我的考试成绩从来都是A。所以，T老师宣布开始我们的第一个数学项目的时候，我激动极了！

丹妮尔

学校不怎么样。老师看起来挺好的，也很有趣，可是如果你没有朋友，这些又有什么用呢？

安娜

我在学校里话不多，也从来不举手发言，这样别人就注意不到我了，我也不想让别人注意我。

你看，就是这样一种很有"奇迹感"的叙述方式，使得普通的、不出奇的事情给了我们一种确实是"奇迹"的感觉。这让我们窥见不同孩子的内心——那些调皮的、优秀的、沉思的、被排挤的、害羞的、冷漠的孩子，他们内心深层的想法、伤痛以及他们需要的帮助究竟是什么。

故事里孩子们遇到的问题，你在生活中也会遇到。他们对问题的处理方式以及T老师的引导方法，对成长路上的你也能有很大帮助。

创造奇迹的"魔法"

故事里的七个孩子，你是不是也能在生活中找到类似的人物？他们都很有代表性，他们的想法、行为以及背后的原因都值得我们思考。

每个孩子的偏差行为或怯懦个性，都源自他（她）背后的家庭问题，但是每个孩子都渴望遇到一个懂他（她）的大人。性格再怪、脾气再坏、态度再差的孩子，也需要被倾听、被理解、被接纳。当这些孩子感受到大人们所释放出的善意时，就会慢慢地放下那些固执的行为，试图为眼前这个大人改变。

T老师的魔法就是"爱与理解"。他十分关心并公平对待每一个孩子，给予他们更多的倾听、包容、陪伴和信任。这个魔法还能用在同学与同学、孩子与父母乃至人与人之间。故事里的孩子们无不是用这个魔法化解了与同学、老师、家人之间的矛盾。

也许这就是本书要告诉我们的，当我们真正理解并用好"爱与理解"的魔法时，奇迹便被创造出来了。

目录

第一章	9月	....	*1*
第二章	10月	....	*18*
第三章	11月	....	*38*
第四章	12月	....	*60*
第五章	1月	....	*81*
第六章	2月	....	*93*
第七章	3月	....	*102*
第八章	4月	....	*130*
第九章	5月	....	*147*
第十章	6月	....	*164*

第一章 9月

彼得

世界上有老师这种生物真是糟糕透了,可是,既然我们没有办法摆脱他们,就只能希望不要遇上一个经验丰富的老教师,最好来个什么也不懂的新教师。新教师不太了解规矩,所以我们做什么都能得手,不像那些老教师,就会用那些规矩管束我们。这就是我的理论。五年级要来一个新老师——一个叫"T先生"的家伙。这太让人兴奋,我太期待开学了。等着瞧,我这就来掂量掂量他有几斤几两。

只要通向厕所的过道里没人,你就尽管放轻松,走过去就是了。厕所恰好就在大厅正对面,所以去上厕所是逃离课堂最容易的方法。嘿嘿,偷偷摸摸跑出教室这种事,我最在行了!我可以不停地跑进厕所,而且从没被老师逮到过。我说过,T老师是个菜鸟,所以我知道,他压根儿就想不到来厕所抓我。

一走进厕所，那就是你的逍遥时光了。我们这层楼除T老师外，其他的都是女老师，所以大可不必担心她们会闯进来抓你。你可以抓牢隔间顶上的横杠，来回摆荡，试着抬起双脚去碰天花板，摆荡的幅度越大越好。如果隔间里有人，尤其里面是个低年级男生的话，那就太好玩儿了！你用力荡，一脚踢开门，他要是被吓得够呛，说不定会尿到自己身上呢！这太搞笑了！或许你的伙伴正站在小便池前，你可以从后面推他一把，顺便帮他按下冲水按钮，那他也可能会把自己弄湿。这也挺滑稽的！有些男生喜欢把卫生纸揉成一大团，堵住厕所下水道，不过我可不建议你这么干。你会惹上大麻烦的。我哥哥跟我说过，他有个朋友这么干被逮住后，校长罚他用牙刷刷厕所，这可是个大工程！我觉得就算是威廉斯校长那么严厉的人，也不至于想出这种方法来惩罚学生。我可不想被逮住。

一节课去了四五趟厕所后，我回到教室。T老师看着我说："彼得，我得叫你'尿尿精'或者是皮——尿——儿。和一只溜达两公里并对沿途的消火栓尿尿的小狗比，你比它尿的次数还多啊！"

大家哄堂大笑。我猜错了，原来我干的事情他一清二楚。

我坐下之后，T老师走过来，在我耳边悄悄地说："以前，我爷爷曾跟我说,让我把它打个结。"

我不知道怎么办才好,只能把眼睛瞪得大大的:这怎么可能?!好在T老师又回到黑板前接着讲解刚才的数学题了。我干瞪着眼坐在座位上,不过,很快我也笑了。

"他说了什么?"马蒂问我,他就坐在我边上。

"没什么。"我答道。

本和温迪也都探过头来,想听我在说什么,他们的座位在我们正对面。我们这四张桌子凑在一起的编号是3,T老师有时候用桌子编号来叫我们。

"没什么。"我又说了一遍。这可是我的秘密。

T老师好酷啊!不像那些老教师,只知道对我们吼,他的反应厉害多了!这种情况,换成班里有些同学估计早哭了,我才不会哭呢。不知怎么的,我觉得T老师好像知道我不会哭似的。他用这种方式告诉我——他什么都知道,但是他不生气。嗯,我挺喜欢他这一点的,他一定很好玩儿。我也是个好玩儿的家伙。我人生中第一次开始觉得,今年上学可能也挺好玩儿的。

杰茜卡

第一幕/第一场

开学第一天,我有点儿紧张。哎呀,我竟然出现紧张综合征了——手心冒汗，口干舌燥。不过这也不奇怪——毕竟，我上的是一所新学校。我和妈妈刚刚从遥远的太平洋沿岸一路赶到大西洋边，搬到这里——康州（美国康涅狄格州的简称）。所以，这是我来雪山学校的第一天，妈妈也来帮我办理转学手续。

走过几道玻璃门，穿过一条好看的入口通道，我们在主办公楼前停下脚步，打算先问一问路。一个红头发的女人对我们笑了笑，微微点了点头，算是打招呼。后来我们才发现她简直是个一心多用的超人！她一只耳朵听电话，听筒夹在肩膀和耳朵之间；另一只耳朵也没闲着，在听旁边一位棕发女士说话；手里还唰唰地记录着什么。我们只好等着。我手里拿了本书，硬皮封面都快被我抠破了。

"你好，我是这里的校长，我叫威廉斯。欢迎来到雪山学校，我能帮你们什么忙吗？"这位棕发女士说话了。她全身裹着职业装，神情严肃。

"我们在找T老师的教室呢！"妈妈答道，"我叫朱莉，这是我的女儿杰茜卡。我们才搬到这个镇上。"

"哦！是吗？很高兴认识你们。请跟我来吧。"

威廉斯校长领着我们走出办公室。离开前，我又瞟了一眼那个秘书。"让她来演爸爸戏里的一个重要角色，肯定特别合适。"我想。我爸爸导演了许多小型话剧，他在加州（美国加利福尼亚州的简称），我也想待在那儿。

威廉斯校长问我："今天怎么样，杰茜卡？"

"挺好的。"我答道，有点儿心不在焉。

我们跟着威廉斯校长穿过大堂，上楼找我的教室——新五年级的教室。大厅里有点儿闷，但很干净，好像刚刚消过毒。我怀疑是管理员特意打扫的，以显得他们学校有多干净似的。我跟在妈妈后面，走在点缀着蓝色斑点花纹的地毯上。经过一排排红色的储物柜，有好多同学已经开始收拾新发的教材了。我能感觉到他们审视的目光，他们全都在细细打量我这个新生，接着就是窃窃私语声。我的脸马上滚烫了起来。

"到了，你的教室就在这层楼。这层楼有四间教室，都是五年级的，大厅两边各两间，卫生间就在中间。"威廉斯校长边说边指了指，"那间就是你的教室，202室。祝你第一天上学愉快！"

"谢谢！"妈妈说。

我只是点了点头。

第一幕/第二场

我们走进教室。坐在讲台前的老师抬起头，对我们笑了笑。

这时，我肚子里仿佛有只蝴蝶在拼命地拍打翅膀，使得我像是坐在旋转椅上似的。

"早上好！我是T老师。"我们走进来的时候，他径直走过来跟我们打招呼。

"早上好！"妈妈回应道，"我是朱莉，这是杰茜卡。作为一名新生，她有点儿紧张。"

我的舌头不听使唤，一句话也说不出来。我决定对T老师报以一个友好的微笑，就像他的笑容一样亲切。

"哦，我也是第一天来呢！所以，我想我们可以一起熟悉这里哟。"他说。

我的笑容变得灿烂起来。

"你的座位在那儿，2号桌。你和纳塔莉、汤米、莱恩坐在一起。靠窗的位子光线好，你看书不会伤眼睛。杰茜卡，你手里的这本书很不错啊。"

我低头看了看我的书——《时间的皱纹》[①]。我的手指又在书皮上揉搓着。

"我喜欢快乐的结局。"我说。

"我也是，"T老师说，"我会努力，让你今年有个快乐的结局。"

[①]《时间的皱纹》：美国儿童文学大师、纽伯瑞金奖得主马德琳·英格的代表作，一本关于爱、宽容与坚持的儿童科幻冒险小说。

我又笑了。真不敢相信，我的老师也是新来的呢！他还喜欢我正在读的书。也不知道为什么，我肚子里乱飞的蝴蝶不见了，我的舌头也能伸卷自如了。

到目前为止，一切还算顺利。

卢克

我喜欢上学，我的功课很好，我的考试成绩从来都是A。所以，T老师宣布开始我们的第一个数学项目的时候，我激动极了！

"1美元单词"这个游戏真是太刺激了！与之相比，我以前解答过的任何数学题实在差太多了！假定字母a价值1美分，字母b价值2美分，字母c价值3美分……以此类推，字母z价值26美分。我们的挑战就是——找出一个单词，它的所有字母所代表的价值加起来正好是1美元。99美分？不行！1美元多1美分？也不行！只能是1美元。

游戏正式开始之前，T老师给了我们充裕的时间来思考，确保大家都能搞清楚这个数学游戏的玩法。他还说他很想知道谁能第一个找到一个"1美元单词"呢。

我立刻做了一个表格，把26个字母和相对应的数值填进去，以帮助自己快速查找，然后把脑袋里闪现的带有"大数值"字母的单词写了下来。Pretty=104，Walnut=91，

Mister=84。接着我又想，嘿，等一下……如果加上表示"复数"的"s"会怎么样？Misters=103，还是不对，不过已经很接近了。嗯，我可以用这个方法找出别的"1美元单词"。

就在我东拼西凑、拼命想找出本年度第一个"1美元单词"时，你猜我听到了什么？——哈哈，彼得和莱克茜他们俩的悄悄话。

我跟彼得同班四年了，跟莱克茜也已经同班三年。彼得特别逗，但是有时候他玩儿得有些过头。他要是在我专心写作业时还嬉笑玩闹，我就特别烦他，但总的来说我还是挺喜欢他的，他很有趣，也经常惹麻烦。至于莱克茜，她老是卷入各种"女生的战争"，那些事情我真的搞不懂。她还喜欢穿亮闪闪的衣服——连衣裙、短裙、花哨的鞋子——而且她总有各种各样的配饰来搭配这些东西。还有，她张口闭口都是"那个……"。她也不是个省油的灯，特能来事，和彼得倒是势均力敌。

彼得用胳膊肘碰了碰莱克茜，然后我就听见他悄悄跟她说了一个单词。

那个单词差得也太多了吧！

莱克茜说："53，不对，试试……"

他们疯了吧？他们居然在算那些骂人的单词，还咯咯直笑！我就知道，他们一定又要被逮住了。

"这也不对，或许……"彼得说。

他真是愚钝！一想到这里，我马上想到有一个单词值得算一算。果然，笨蛋（butthead）算出来是81，再加个s（buttheads），刚好是"1美元单词"！我正准备大声叫出"我找到啦"，彼得却抢先了一步。

"我找到了一个'1美元单词'！"他喊道，"屁股！"然后他昂首阔步地走到黑板前，仿佛要做一件最了不起的事似的。"屁股，"他又说了一遍，"B-U-T-T-O-C-S。"接着，他演算了一下这个单词为什么正好是"1美元单词"。T老师没打断他。就在我正想要开口的时候，那个新来的女生杰茜卡说话了："屁股这个单词的结尾还有个'k'，彼得。"

彼得望向T老师。T老师说："很遗憾啊彼得,她说得对。你最好再算一算。或者，你可以换别的单词试试，别老是想着你们刚刚讨论的那些。"

彼得灰头土脸地逃回自己的座位。T老师一直知道他在干什么，我一点儿都不惊讶。

我举起手："T老师，我想到了一个。"我走到黑板前，写下"butthead"这个单词。身后立即响起一阵哄笑声。"笨蛋，"我说，"B-U-T-T-H-E-A-D，相应的数值加起来是81美分，但是，如果我们变成复数，那相应的数值加起来正好是1美元。您要不信，只要问问彼得和莱克茜就知道了。"

T老师偷笑了两声，说："好啦好啦，卢克，这个单词我倒没有想到。但是不管怎样，它是我们的第一个'1美元单词'。恭喜你！"

"1美元单词"真是最棒最酷的数学游戏了！我们从星期三（Wednesday，"1美元单词"）开始，连续算了三个星期。经过反复尝试，我学到了许多方法，还从T老师那里得到了不少建议。就这样，我打破了"1美元单词"纪录，最后上交的作业纸上，我写出了54个单词！

T老师看着我的作业，对我笑着说："卢克，你真的好棒（excellent，'1美元单词'）！你是'1美元单词'冠军！"

莱克茜

那个，我们班来了个新老师，真是太酷了！

T老师挺好的，上课时让我们把桌子围起来坐，不像以前，都是一排一排地坐。我当时就想："这怎么可能？他是开玩笑的吧？！这样，我就能跟我的朋友丹妮尔坐在一起了，真是太棒了！"

班里新来了个女孩儿，叫杰茜卡。她没和我们同坐一桌，不过，我还是得找她聊聊，我得告诉她班上哪些人可以交朋友。她整天抱着一本书，好像抱着泰迪熊似的，样子看起来很酷。

　　课间休息时，我就去找她了。我们课间休息的地点在学校后面，那里有一块很大的柏油地，柏油地上安有篮球架，还画了跳房子的格子。另外一边有运动设备，还有一个带跑道的大操场，可以跑步和踢球。操场边上有个看台，我在那儿找到了杰茜卡。她一个人坐在看台的台阶上看书。我心里想："嘿，没出息！"不过，我还是向她走了过去。

　　"嘿！"我说。

　　"嘿！"她回应道。

　　"你是杰茜卡吧？"

　　"是。"

　　我嚼着口香糖，吹了个泡泡，然后坐下来，说："我叫莱克茜。"我找出包里的小镜子，看看我涂的摇滚紫唇彩怎么样。然后，我接着问她："你是从哪里来的？"

　　"我们刚从加州搬过来。"新来的女生说。

　　"我以前也住在加州。"我用脚边摆弄脚下的小石子儿边说。当我不看对方的眼睛时，随口瞎说对我来说更是小菜一碟。"我们搬家是因为……那个……我爸爸生病了，要到这里来看病。"

　　"啊，对不起！"杰茜卡说，她也开始玩弄脚下的小石子儿了。

我说："你听我说啊,那个,你刚来,所以我想帮帮你……如果你愿意,就是……"我又开始嚼口香糖。

"当然了,好啊。"她说。

我不再摆弄小石子儿了,挪到她旁边,问:"你想吃口香糖吗?"

"不用,谢谢。"她说。

我就知道,她肯定不吃。哼,"完美小姐"。我把口香糖放回包里。

我指着操场那边的丹妮尔,说:"那个女孩,对,你绝对不会搞错,就是那个胖子。"我忍不住笑起来,但是杰茜卡没笑,"那就是丹妮尔,你得当心她。那个,你可不能跟她做朋友。"

"可是你不是跟她坐一桌吗?我还以为你们是朋友呢!"

这大大出乎我的意料。通常,女生只知道听我的话,然后照我说的做。我又吹了个泡泡,边嚼口香糖边说:"是啊,她以前挺好的。可是,那个……她说你……她说你'假正经',还说你是'骄傲的书虫'。"

杰茜卡吃惊地说:"啊?!好吧。谢谢你告诉我。"

"别担心!"我搂住她的肩膀说,"跟着我,我会……那个,帮你的。准会没事的!"

课间休息结束了。女生们的"战争"就要开始喽!

杰弗里

今年我们班里的同学都还不错,就是又得继续忍受莱克茜,还有她的那些羽毛围巾、豹纹衣服和奇丑无比的包了。不知道她今年又会化什么风格的妆。她蠢得要命,还总以为自己是好莱坞明星。

还有卢克,他没什么让人厌烦的,蛮聪明的家伙。

丹妮尔也和我同班。她很胖。

然后……还有彼得。他挺聪明,是个十足的自作聪明的家伙。我特别想告诉T老师彼得的小把戏——整天在厕所里消磨时间,到处晃悠。不过T老师已经发现了!虽然T老师刚来,但他看起来蛮厉害的。我希望他不要摸透我,我学习不好,也不喜欢学校。

丹妮尔

学校不怎么样。老师看起来挺好的,也很有趣,可是如果你没有朋友,这些又有什么用呢?以前莱克茜就这样对我。前一天我们还是朋友,第二天她突然就不理我了,我都不知道怎么回事,我又没有哪里对不起她。

今年的情况非常糟糕。刚开学的时候我们还好好的,某一天课间休息结束后，莱克茜就开始对我不理不睬，假装我不存在。她故意在我面前聊天，不让我插话，还净说些关于胖子的笑话，嘲笑我胖，真是太过分了，我在家哭得好伤心。

我的体重是超标了，块头也比别人的大点儿。我不喜欢别人说我胖。我也不知道自己为什么会长成这样，我吃的也不比其他女生多呀！妈妈总跟我说，我会越长越匀称。妈妈不胖，哥哥也不胖，外公、外婆还有爸爸都不胖。外婆说："孩子啊，骨头上总得长点儿肉的嘛！"我想外婆说得对。可是，像莱克茜这样的人就会嘲笑我胖呀！不过我什么也没说，外婆不懂。只有妈妈理解我，她跟我保证，随着年龄的增长，我会慢慢瘦下来。她这么说，我才感觉好点儿。妈妈还认为，我现在所经历的这些都是有意义的，能让我成为一个更好的人。"总有一天，你所经历的这些会对你有所帮助。"她说。如果是这样，一切也好啊，可是我还是非常希望现在就快点儿长大、变瘦。

我们住在农场里，妈妈就在那里长大，外公外婆的房子在我们隔壁，他们帮我们做一些农活儿。外婆经常待在我们身边，她一直不明白为什么我总是哭。

每次我一提到莱克茜，外婆就火冒三丈："我要去你们学校好好修理修理她！"

"外婆，不要去！"

"你怎么还跟她做朋友啊？这孩子根本不知道怎么待人，尤其不知道怎么好好对待朋友！"

"不是她的错，外婆。都是那个新来的女孩的错。"我说，我向来偏袒莱克茜，"我受不了新来的那个女孩。"

"如果你一直这么认为，那就没什么办法了。"外婆说道，她是个狠角色。

只有在莱克茜的圈子里，我才能交到朋友，没人愿意跟胖子交朋友。我也不知道该怎么办才好。

安娜

我在学校里话不多，也从来不举手发言，这样别人就注意不到我了，我也不想让别人注意我。妈妈警告过我：有时候人真的很坏。相信我，我的妈妈真的深有体会。我没有要好的朋友，也没打算结交这样的朋友，妈妈就是我最好的朋友。

以前，我一直避免引起别人的注意——一个人待着，安静且守规矩，表现良好，老师们都不太管我。我常常低着头看地板，但我擅长观察。我们的威廉斯校长每次吃惊时都会眨眼，我几年前就发现她的这个特点了。如果你保持默不作声，你就有时间察言观色，什么都逃不过你的眼睛。

每年开学时,我最先关注的就是教室。我们的教室很漂亮、很大,门对面有整面的落地窗。T老师的桌子就在玻璃窗旁边的角落里。学生被分为五组,每组四张课桌排列在一起,所以我立刻知道,我们这位新老师很重视团队合作,而且可能不太介意大家讲点儿话——要不然,我们就跟以前一样,一排一排地坐了。教室前面是黑板,后面是白色的板报墙,剩下的最后一面墙放着我们的橱柜,还有一个洗手池、一台饮水机。除洗手池和饮水机那边外,整间教室都铺了地毯。教室的门就在饮水机旁。

开学时,你还得留意一件更重要的事——你的老师,尤其是像T老师这样的新老师。我能立刻判断出他是个爱读书的人,因为我们教室里到处都是书。我向妈妈说起这件事的时候,她很高兴。妈妈在另一所学校的图书馆做助理。这是一份不错的工作,妈妈的上班时间与我上学的时间完全一样,她晚上还能抽出时间上夜校。她在学画画,她小时候就想学,但那时候没有机会学。她真的很擅长画画,而且画得特别好。

T老师很年轻,健壮得像个运动员。他的桌子上一张家人的照片都没摆,手上也没有戴结婚戒指……大厅对面的纽伯里老师也没有戴结婚戒指。我的妈妈也没有戴。

后来我发现，T老师跟别的老师不太一样。他从第一天就关注我了。提问时，不管我举不举手，他都会说："安娜，你准备一下，一会儿你来说说看。"如果我们讨论某个问题出现好几种看法时，他会问："安娜，你怎么看？"

看来这一整年，他都不会让我把自己藏起来了，我还挺紧张的。不过，事后证明这其实是件好事。

第二章　10月

彼得

以前，上学从来没有让我觉得有意思，但是这次T老师给我们上的植物课，实在是太有趣了！我们先让豆类植物的种子发芽，等它们长得够高的时候——我们就用它们做各种实验。T老师把它们称作变量。我们先要把植物装进盒子里，只在盒子的一边开一个小孔。几天后，我们会再观察在黑暗中生长的植物变成了什么样。

安娜崩溃了，大声喊："我不要把我的植物放在盒子里！"T老师不得不把她带出教室，安抚她，让她平静下来。我被她吓到了！她平常一声不响的，居然会大发脾气！"这人可真怪，"我想，"难怪没朋友！幸好她的搭档是丹妮尔，丹妮尔有的是耐心，换作别人肯定早就气疯了。"我的搭档是莱克茜，她什么都听我的。

接下来，我们又把盒子横躺着放，看看植物会长成什么样。真是让人难以置信！它们虽然都弯曲了，却还在继续往上长，这太酷了。

不过，最棒的还在后面呢！

T老师说："接下来的一周时间内，大家可以自己调配任何混合液来浇灌它，但是不许使用任何可能损坏教室或散发恶臭的东西，比如变质的牛奶或是煤气之类的有害健康的气体。"

有些混合液真的超级夸张……大卫和尼克用沙拉酱浇灌，他们还振振有词："植物可以做成沙拉，所以它们肯定喜欢吃沙拉酱！"布伦达和希瑟把橙汁、番茄酱和胃药搅在一起浇植物。真不知道这些人在想些什么。

我的混合液当然是最好的！

我带来了用过的猫砂、苏打水和一点点枫糖蜜，把它们混合在一起并使劲地搅均匀，然后喂给我的植物吃。莱克茜对我调配的营养液不太满意——我还没有告诉她我往苏打水瓶子里撒了点儿尿。

"彼得，这些东西会烧死我们的植物的！"她抱怨道。

"你什么时候关心过它们？"我问。

"我现在关心，不行吗？"她争辩道。

"莱克茜，枫糖蜜本身就是从植物里提取出来的。苏打水我常常喝，我也一直在长高。猫砂——农民一直用它给庄稼施肥。所以你就少说两句吧，这些东西肯定有用。"

不出莱克茜所料，两天后，我们的植物死了。

丹妮尔和安娜两人的植物长得最好。丹妮尔用了一些她外婆告诉她的纯天然的原料。我猜这些原料才是农民真正在用的东西。丹妮尔家有农场，所以她有优势嘛。她调配的混合物效果非常好，了不起！只有她们浇灌的东西，才是植物真正喜欢的。

安娜一直笑眯眯的，直到莱克茜来了一句："那个，你不就是运气好嘛，跟丹妮尔一组，都是她做的。"然后她转向我，又说："虽然她是个胖子。"我猜其他人应该都没听见，但我忍不住哈哈大笑起来，虽然我也知道这样不好。安娜的笑容不见了，她低下头盯着地板。

可怜的卢克真是卖力啊。我觉得他耗费了太多的脑力，而他的脑子也确实好用，从幼儿园开始，他就是所有小孩中最聪明的。杰弗里是他的搭档，不过他什么也不做，全交给卢克负责。也许，杰弗里帮点儿忙会更好些！

"我加了很多不同的材料，"卢克说，"它们会发生化学反应，从而产生理想的交互作用。"他甚至提到了元素周期表以及一些奇怪的事儿。

嗯，我敢打赌你一定想不到，卢克把那堆乱七八糟的东西混在一起后发生了什么——它居然开始冒烟了！紧接着我们只知道，火灾报警器尖叫起来，全校师生不得不疏散到外面，连消防队都出动了。哈哈哈，太好玩儿了！

T老师只好出来跟他们解释，过了一会儿才让我们回教室，不过卢克再也不能做任何实验给我们看了。

哎呀，跟T老师在一起，真的是做什么都太好玩儿了！

卢克

"带劲"的数学课结束后，我们开始学习"邪恶"的科学课。我唯一不喜欢上科学课的一点，就是T老师非要将我们编成两个人一组。我更喜欢独自做实验，但T老师要求我们必须合作完成。实验的研究对象是植物，T老师说我们教室的空间有限，只能两个人一组。我的搭档是杰弗里，不管你信不信，他真是个好搭档！他什么都不管不顾，由着我，我想怎么做就怎么做。不过他也有点儿讨厌，他是个脾气很坏（grumpy，"1美元单词"）的家伙。

我们先做了植物的向光性实验。我们把植物放到纸盒里，只在一边开一个小孔，植物就朝着有光线的地方生长。然后我们又做了植物根的向地性实验。我们把植物歪倒着放了几天，观察植物如何朝着天花板向上生长。最后，老师让我们自己学着研究一种变量。

T老师要我们控制植物的营养。"你们想浇灌什么就浇灌什么，自己调配吧！"他说。

杰弗里让我一个人干，他讨厌上学以及与学校有关的一切。

那天，我急匆匆回了家，开始研究元素周期表。去年圣诞节我收到一份特别的礼物——一套化学实验装备。氢和氧相遇发生化学反应时会生成水。所以我想，我也要根据元素周期表，挑出能够发生相同反应的元素材料。

那天，我把材料带到学校，准备称重，也做好了混合搅拌的准备。这时，杰弗里总算是提起了一点儿兴趣，T老师却似乎显得有些不安，但他丝毫没有阻止我。

T老师只是说："卢克，有些化学品混合在一起会起反应的，甚至可能会爆炸（explodes，'1美元单词'）。"

"我知道。"我回答。

"既然我们不知道会有什么反应，就不应该在教室里混合这些东西。可能不安全。"他说。

"这些都是我家那套化学装备里的东西，我妈妈看过了，都没问题！"我拍着胸脯向T老师保证。其实，我没有告诉妈妈，也没有告诉T老师的是——我还悄悄地从爸爸的车库里拿了几种配料。我知道，它们肯定管用！

"嘿，大家快来看呀，卢克把他带来的所有东西都混在一起了！"克里斯喊道。

当我开始把所有配料放在碗里搅拌的时候，全班同学都围拢过来了。可是，我压根儿没来得及用它浇灌植物，意想不到的事情就发生了。碗越来越热，然后变得烫起来，碗中的液体变成了墨绿色，又变成灰色，开始冒出小泡泡——先是冒得很慢，接着越来越迅速……我意识到大事不妙！

T 老师命令道："退后！大家快退后！离它远点儿！"

我的混合物冒起了滚滚浓烟。紧接着，刺耳的火警警报声在耳边响起，还有彼得的笑声。"太棒了！干得好，卢克！"他喊道。

"到外面去，大家都到外面去！"T 老师继续命令道。

啊，这下我完蛋了！我很确定。

没想到，我又错了。

T 老师去找威廉斯校长解释，把责任都揽到了自己身上，甚至还勇敢地顶住了消防队队长的压力！只要学校响起火警警报声，那位消防队队长就会在楼里巡视一圈。这一次，他硬是要求我们把贴在走廊上的"1美元单词"成果展示海报揭下来，声称它们存在火灾隐患。杰弗里觉得T 老师真了不起。

"你们看见T 老师对那家伙说不了没？"他问，"T 老师拒绝撤下我们的海报！"

"看见啦!"我说。我还看见滚滚浓烟从碗里漫出来的幻影。我知道自己永远不会成为一个植物学家(botanist,"1美元单词")。

至少,杰弗里开始对某件事感兴趣了。

我希望T老师不要太信任我们。也许是因为他第一年当我们的老师,还不太了解情况,但我觉得事实并非如此,T老师就是一位很特别的老师。

杰弗里

卢克试图浇灌我们的植物。看到烟冒起来的时候,我就知道会发生什么!T老师也知道,他第一时间跑到窗边,不过速度还是不够快。火灾报警器还是响了,全校师生都被疏散到了外面——就因为卢克!

我们返回教学楼时,有个家伙在大厅里晃悠,学校的门卫卢马斯先生和拉迪先生在一旁陪着。T老师让我们先回教室,他自己留在了大厅里。我躲在门后听他们讲话。

"这些东西,"那个家伙指着我们的海报喊道,"通通揭下来!"

卢马斯先生望着T老师说:"你听见了吧?"

"不行,不能揭。"T老师说。

"你知道他是谁吗?"拉迪先生问,"他是消防队队长!"

T老师说:"我才不在乎他是谁呢。我不可能把它们揭下来。"他看了看消防队队长,说:"你不知道,我的孩子们为了这些东西付出了多大的努力!"

他指了指我的海报。我的海报上只有一个单词——"笨蛋",其实它不是个"1美元单词"。忽然,我觉得心里很难过,因为我没有用心去完成T老师给我们出的数学题目。

他们还说了很多,后来那个消防队队长就走了。海报保留了下来。

T老师回到教室。彼得离开自己的座位,围着老师蹦蹦跳跳地说:"老师,您太厉害了!您刚才和那家伙说话的样子,太帅了!"

T老师说:"没有的事!你回到座位上去。那不是你该看到的。"

可我看见了,也听见了,T老师真的为了我们挺身而出。学校走廊向来都会张贴海报,也从来没有引起火灾。我估计,消防队队长就是因为我们的假警报虚惊一场,所以心里觉得不爽吧。

我想T老师当然也知道,他才不会任人欺负呢,更何况他那么看重我们努力的成果——包括我的。

现在我亏欠他了。我得努力才行,哪怕一点点也好。

安娜

我不希望我的植物死掉。我不要把它们放进盒子里。所有人都齐刷刷地盯着我看,我开始哭了。

T老师带我走出教室,问:"安娜,你怎么了?"

"我不要害死我的植物!"我脱口而出。我背靠墙壁,身体顺着墙壁往下滑,双手捂住脸。

"你的植物不会死的!"T老师蹲在我面前,对我说。

"会的,你知道的!要是我们把它放进盒子里,它就会死的!"

"在它死之前,我们就会把它拿出来。"他向我保证。

"不,我不要伤害它。"

"这么说吧,安娜,你的植物还是要照样拿来做实验。我们一定得做,因为丹妮尔和你同组,她也得学这门科学课呀。而且,等我们做完了实验,我把我的植物送给你,好不好?就是用作对照,不用来做实验的那棵。"

我还是不想伤害我的植物,可是,我也想要对照用的那棵植物。我犹豫不决。我想T老师好像也看出来了。

"再说,你跟丹妮尔一组,我觉得你们的植物应该不会有事的。"

我跟丹妮尔并不熟,以前也没有同班过。她看起来人挺好的，我蛮喜欢她。她有时候跟莱克茜挺要好的，我不知道为什么。我很高兴与丹妮尔成为搭档，而不是莱克茜，虽然我也没有跟她同班过，但我看得出来她很坏，班上所有女生都听她的。凯蒂、埃米莉、希瑟、纳塔莉，她们都听她的。我才不听她的呢，我要离她远远的。

　　妈妈早就警告过我，别卷入那种"我跟你好，跟她不好"的事情。妈妈以前就曾被人排挤过，那时候，这意味着没有人愿意跟她做朋友。妈妈说那就好像是有一大群人，他们手拉手围成一个圈，却从来不让她进去，她只能一个人站在圈外。妈妈希望那种事永远不会发生在我身上。妈妈18岁的时候有了我。我知道，直到现在，她心里的伤痛都还没有愈合。那时候，连她的爸爸妈妈都躲着她。所以，我出生后不久，妈妈就不读书了，从家里搬了出去。本来她想搬去爸爸家（我从未见过的爸爸）与他一起住，可是没想到他走了。妈妈说等我再长大一点儿，就把当年的情形以及关于爸爸的所有事情都跟我说。现在我只知道，她说爸爸是个好人。外公外婆（我也没见过他们）还是不想和我们有任何来往，妈妈从家里搬出来后不久，他们就搬到了很远很远的地方。妈妈虽然年纪不大，但不管怎么说她都是一个好妈妈。她是我最好的朋友，我最爱她。要是你爱一个人，你决不会因为他们犯了错误而放弃他们。

T老师把我扶起来，说："相信我，往好处想。"

我们回到教室。我的植物被放进了盒子里，几天后才拿出来。它的叶子变得有点儿黄，也没长高多少，但它还活着！把它横躺着放也没有什么关系，所以这个实验我接受了。接下来，我们就可以按照自己的想法来浇灌它了。

T老师说得对，丹妮尔知道自己在做什么，她对这事儿特别有把握。她说："你看，这张清单上列的都是我们可以拿来调配混合物的材料。"

我看了看单子，上面列的东西我一个都不认识。她是怎么知道的呢？

"我外婆帮我列的，"她说，"她向来擅长种植物。我们农场的作物收成都不错，都是靠了她。"

我们分别把不同的材料带到学校，然后把它们混合在一起搅拌，浇灌我们的植物。最后，全班只有我们的植物成活了！它变得好绿，而且一直长，一直长，一直长。

那棵对照用的植物被我带回家了。我和丹妮尔决定把我们自己种的植物就放在学校里，每天浇灌它，大家可以看到它越长越高。它一直长啊长啊，缠绕着窗帘拉绳一直往上长，都快够到天花板了！突然有一天，它竟然从窗台上掉了下来，整个儿被推倒在地上，而且谁都不知道是怎么回事。

我的脑中忽然闪出一个念头，我敢肯定，这是莱克茜干的好事。我们的植物遭殃的这天，正是她对丹妮尔特别凶的时候。谢天谢地，幸好T老师让我把他的植物带回家了，我可不想看到她把那棵植物也毁了。

我喜欢做丹妮尔的搭档。我怀疑T老师是不是知道我和丹妮尔之间的关系。我真的怀疑。

杰茜卡

第二幕/第一场

我每天固定和莱克茜以及其他女生一起吃午饭，除丹妮尔和安娜外——她们俩单独坐一起——课间休息时也是这样。看到丹妮尔特别伤心，莱克茜就一副特开心的样子。

那时候我把《贝拉·蒂尔》①差不多读完了。我喜欢贝拉这样的女孩，诚实又勇敢，她要是我的朋友就好了。如果我是贝拉，现在的我会怎么做呢？很简单，一定是做正确的事。做正确的事，就是给别人一个机会。丹妮尔丝毫不像是莱克茜说的那种人。嗯，我觉得，是跟她聊一聊的时候了，我得亲自了解是怎么回事。

---

①《贝拉·蒂尔》：美国知名儿童畅销书作家安·马修斯·马丁在2001年创作的儿童小说。

第二幕/第二场

第二天课间休息时,我去找丹妮尔,远远地就看见她拿了根棍子在地上画东西。

"嘿,丹妮尔!"走近时我和她打招呼,手里紧紧抓着我最近在看的一本书——《红色羊齿草的故乡》[①]。

"你想干吗?"她凶了我一句,狠狠地把棍子戳到地上,棍子断成两截。她转过身去,听声音好像在哭。

我凑过去问:"你还好吗?"

"不好!莱克茜这样对我,都是你的错!"她把手里的那半截棍子扔到地上。

我的错?她怪我?我招谁惹谁了?!这么想倒是能说得通:我是新来的,因为我的到来,她被排挤出了那个圈子。

"对不起。"我说。我傻傻地站在那里。其实,我很想回加州。我想念爸爸了。

丹妮尔开始用手指在地上随便画着,说:"对不起,我刚才不该那么说。不是你的错。"

我坐了下来。

"只是因为莱克茜总不理我,净说些关于我的坏话。"

[①]《红色羊齿草的故乡》:美国儿童文学作家威尔逊·罗尔斯的代表作,一本关于梦想与成长的动物小说。

她接着说,"午饭她不跟我坐一起吃,不跟我玩儿。其他女生也一样,她们都听莱克茜的。只有安娜仍然对我好,可我不应该跟她做朋友。"

"为什么不应该?"我问。

"我的家人,特别是我的外婆,觉得跟她玩儿,我会被带坏的。"

"什么?我不明白。"

"我爸妈以前跟她的外公外婆是朋友,而且……"

"你是说和她的爸妈吧?"我插嘴道。

"不是,是外公外婆。"丹妮尔不再在地上画来画去,坐起来跟我解释,"我爸爸妈妈都是49岁,他们20岁时生了我哥哥查理,安娜的外公外婆也在那年生了安娜的妈妈。他们是在教堂认识的,一直是朋友。查理现在29岁,所以安娜的妈妈应该也是29岁。"

"哦,安娜11岁,"我迅速消化这些信息,"所以,她妈妈18岁就生了她?!"

"对。"丹妮尔说。

"这就是你的家人,尤其是你的外婆,觉得安娜会带坏你的原因?"我问。

"是的。"丹妮尔说,"我猜他们认为安娜会像她妈妈一样,而心灵圣洁的人不应该跟那种人交往。"

这些话我真不爱听。这一切对安娜都太不公平了！不过我想多知道一些关于安娜妈妈的事，就接着问丹妮尔："安娜出生以后发生了什么？"

"我不太清楚，我只知道现在安娜跟她妈妈一起生活。"

"这不是安娜的错啊。"我就事论事地说。

丹妮尔点点头。她的身体前倾，又开始在地上画画了。我打算到此为止，不再问了。她看起来还是有点儿不开心。

"我跟你玩儿。"我说。

"真的？"丹妮尔满是泪痕和泥印的脸上露出了一丝微笑。

"当然！而且，我不会听莱克茜的话。"我把《红色羊齿草的故乡》放一边，用手指在地上画起画来。

"我知道这本书，外婆念给我听过。"

"很不错的一本书，"我说，"所有人都喜欢故事里养狗的主角，我爸爸说的。"

"是个悲伤的故事，"丹妮尔说，"不过我不会把结局告诉你的！"

"你可千万别说。等我读完了，我们可以再讨论。"

"一定，一定。"她耸了耸肩。

我们并肩坐着，一起在地上胡乱涂画，直到上课的铃声响起来。课间休息结束了。我们站起来，掸了掸身上的泥土。这时我才看见，丹妮尔画的是两只狗。

"丹妮尔，你画得真好。"

"谢谢。"她说。

我喜欢丹妮尔。我敢肯定，她一定有好多有趣的事情等待我去发现。我抓起书，跟丹妮尔一起冲回教学楼。这时我看见安娜独自一人在晃悠。我想："她也不想这么孤单，她也想交朋友吧？为什么她那么努力只为了不引起别人的注意？她是不是因为家里的事而感到难为情？又有多少人知道她妈妈那些事的真相呢？"

第二幕/第三场

我们正一起往回走时，丹妮尔突然冲到前面，急匆匆地进入了教学楼。抬头一看，我就知道为什么了——莱克茜就站在我面前，睁大双眼瞪着我。

"那个，你到底在干什么？我不是告诉过你，不要理她吗？！"莱克茜说话的时候，脑袋往左右两边一摆一摆的，不禁让我想到摇头娃娃。她双手插在带豹纹图案的裤兜里，挡住我的路，不让我走。

"丹妮尔没什么不对。而且，我想跟谁玩儿就跟谁玩儿。"我说。

"好吧。你，那个，你不再是我的朋友了。"莱克茜说。

她一巴掌拍掉我手里的书，然后转过身，重重地跺着脚，迈着大步走进大楼。

我一点儿也不懊恼——但我也不傻。我知道她会让我的日子不好过。她就喜欢玩这种游戏，也很擅长。然而，事情到底会有多糟糕，我还不知道。

莱克茜

我看见杰茜卡在和丹妮尔说话，还在一起玩儿。这个加州来的"完美小姐"表里不一，竟然出卖我！会有她好受的！

课间休息结束后，我直接朝她走过去，拍掉了她手里那本恶心的书。她以为她是谁啊，敢乱来？想跟我作对，还想装作什么事都没有？不可能！要不然其他人会以为可以学她呢！我绝对不允许这种事情发生。没人敢跟我莱克茜玩儿这种把戏。

接着，我还得对付丹妮尔。我在教学楼里追上她，跟着她进了卫生间，立刻问她："你干吗呢？"

她退到隔间，说："没干吗，怎么了？"

我说："和新来的那个女孩一起玩儿，你是不是疯了？我跟你说过，她一直在背后说你的坏话，说你身上有农场的臭味，她刚刚还在说'丹妮尔和母牛，哪个块头大'呢！"

这下子丹妮尔哭了。太好了！我抱了抱她，说："丹妮尔，我们都做朋友这么久了，从二年级开始的吧。我们别理她。"她还在哭，我又抱了抱她。我想的是："'完美小姐'该知道，跟我作对是什么后果了吧。"

我让丹妮尔先走，然后站到镜子前。我整理了一下头发，戴好围巾，重新涂了些我的粉红色公主润唇膏。

"丹妮尔，别担心，我们会让她好看的。"我对着镜子说。

丹妮尔

课间休息时，我跟杰茜卡聊天，还一起玩儿。我和莱克茜之间的麻烦并不是她的错。我跟杰茜卡讲了安娜的事。杰茜卡觉得安娜看起来挺好的，她说得没错。安娜是我上植物实验课的搭档，我喜欢和她一起做功课。

我在家第一次提到安娜的时候，外婆就说："离那个女孩远一点儿，听见了没有？"

"你外婆说得对，丹妮尔，那个女孩的家庭不好，会带坏你的。"妈妈也说。

我想知道为什么，于是外婆把安娜家的故事都讲给我听了。我听着听着，忍不住想起我认识的那个安娜，她一点儿也不坏啊。其实，我已经喜欢上她了，还希望她能成为我的朋友。

我想，只要我不去她家就好了，在学校，我仍然可以和她做朋友。

没过多久，上课的时间就到了。我和杰茜卡一起走回教室，直到我看到莱克茜径直地朝我们大步走来。她一副苦大仇深的样子，看起来简直气疯了。她是真发怒了，活像一头母牛拼命想把你从它刚生下来的小牛旁边赶走似的。我快步往前走，我可不想和她吵起来。丢下杰茜卡自己走，我很过意不去，可是我必须躲开莱克茜。我飞快地走进教学楼，躲进卫生间里，不过莱克茜还是找到我了。

卫生间的门一下子开了，她和我大眼瞪小眼，把杰茜卡在背后说我的坏话都告诉了我。

"那个，不信你去问问凯蒂或者埃米莉，她们不会骗你的。这位加州小姐可是个两面派，当面对你友好，在背后又说你坏话。你得离她远点儿！"

我忍不住哭了。为什么杰茜卡要说那样的话呢？莱克茜抱了抱我，这并没有让我感觉好一些。她走到洗手台边，站在镜子前自顾自地打扮起来。我就坐在隔间里抹眼泪。她说："那个，你知道吧？是杰茜卡毁了你的植物。她故意把它推倒的，她亲口跟我说的。"

我跟莱克茜从二年级起就是同学了，那时候她挺好的。那年春天，她甚至还到我家来玩儿过一次。可惜她的羽毛围巾跟我家的农场有点儿不搭,所以此后她再也没来过。上三年级后,她就开始对我不好了,我从来没有去过她家。我们在学校是不是朋友,全凭她怎么说,就是这样。外婆跟我说,莱克茜一定有什么我们不知道的事情,最好别为是不是她的朋友而烦恼。

可是,我心里还是很乱。真相到底是什么?我还能交到真正的朋友吗?

第三章　11月

卢克

时间过得真快，现在是11月了。显然，这表示T老师又要开始让我们做那些疯狂的数学题了。我想T老师一定肩负着一种使命——让我们接受地狱般的数学挑战。

"我们要算出足球场上有多少棵青草。"一天，他宣布道。

彼得跳起来，大声嚷嚷："什么？！让我们去数草？老师你疯了吧！"

"没门！"尼克喊道（hollering，"1美元单词"），发着牢骚。

"我们怎么可能数得清嘛！"汤米也说。

我举起手。

"卢克，你说。"

"你的意思是要我们估算一个总数，对吗？"我问。

"对，也不对。"T老师说，"我们确实要做一些计算，然后再推算出一个合理的近似值。"

我开始觉得彼得刚才说得可能没错。

"是的，的确很有难度，但是我相信你们一定可以算得出来。"T老师说，"再说了，如果我们所做的每一件事都很简单的话，你们怎么能学到东西呢？为了学习和进步，我们需要给自己一些挑战。"

T老师说这是一个挑战，真是千真万确。因为我们没有人知道如何算出足球场上所有青草的数量。不过，我们还是做到了！

T老师向我们介绍了取样及政府测算人口数据的办法。我们决定先做10厘米乘10厘米的方块，将它作为基本的测量和计算单位，这是我提出来的建议。我们找出一块大硬纸板，在上面画好同样大小的方块并剪下来，这样大硬纸板中间就空出了一个100平方厘米的正方形，这是T老师教我们的方法。这样我们就能很容易地在操场上圈出一个100平方厘米的样本了。到目前为止进展得很不错，我们这就去操场进行实际测算了！

我们冲下楼，走出办公室旁边的大门，然后沿着人行道一路咚咚咚奔到教学楼后面，来到大楼的一角。足球场就在校园最边上等着我们。

彼得

她正弯着腰数草，这是个绝佳的机会！T老师正忙着帮别人，所以他看不到我的举动。我尽可能地抓紧硬纸板，膝盖微屈，就这么扔出"飞盘"。在空中飞行的飞盘发出嗡嗡的呼啸声，仿佛战斗机射出的导弹。它正中目标！

"哎哟！"莱克茜尖声哇哇大叫，"我的屁股！"

"哈哈哈……"我大笑起来。我跪倒在地上，笑得差点儿喘不过气来，实在是忍不住，肚子都笑疼了。其他同学也都一起哈哈大笑。

莱克茜大吼大叫着"屁股、屁股"什么的，还说我讨厌。错过精彩瞬间的同学一个劲儿地问别人："怎么了？怎么了？"除了T老师。

他马上走过来确认莱克茜有没有受伤。

莱克茜捂着她的"屁股"上蹦下跳，一遍又一遍地叫着"哎哟"。她真会演戏，是个不折不扣的戏剧女王。通常学生受伤，老师都会去查看一下受伤的部位，不过我认为这次T老师不方便这么做吧。

"彼得，这可一点儿都不好笑。"T老师对我说，"可能会伤到人的。算你走运，没有伤到任何人的眼睛。你快给我到那边坐着去！"

我来到一边坐下，这没什么大不了的。想想莱克茜当时那个样子，你要是在场的话，我保证你也会笑得肚子疼。

卢克

我们分散在球场各处，把自己的硬纸板抛来抛去，选取草的样本。尽管T老师再三强调说它不是玩具，丢的时候要小心点儿，彼得还是把他的硬纸板当作飞盘一样乱扔。

如果那天没发生这些事，最终结果或许会不一样吧。我认为，后来发生的灾难跟在足球场上发生的事有很大关系。

彼得鬼鬼祟祟的，依然在捉弄人。他把他的正方形硬纸板扔来扔去，到处数草。一看到莱克茜正弯着腰时，他就立马停下脚步，朝她的方向出击，来了一次完美的投掷（delivery，"1美元单词"）。他投得很准，正好击中（tattooed，"1美元单词"）她的屁股。

"哎哟！"她尖叫道，"是谁？真讨厌！"

T老师立刻转身（twisted，"1美元单词"），问："怎么了？"

"有人朝我扔纸板，砸到我的屁股了！"莱克茜哭喊。

"又是屁股啊？"T老师说，"你没事吧？"

莱克茜说："还好。"

T老师转过身来，看着大家。我们全都笑得前仰后合。

我发誓，我真的看见他面对眼前这幅景象摇头时脸上也掠过了一丝笑容。T老师说："彼得，请过来一下。"

"为什么是我？"彼得嘟囔道。

"因为大家都知道你最喜欢袭击屁股了，不是吗？"

这正是T老师典型的行事风格！他没有暴跳如雷，而是用他那既严肃又幽默的方式来处理这件事。他罚彼得一直坐到下课，又与他好好谈了话，彼得也老老实实承认了。不过就像我前面说的，我觉得它成了后来那些事情的导火索。到目前为止，整件事看起来都很搞笑，没人受伤，彼得只是被罚坐在一边，仅此而已。

等到我们丢完硬纸板、完成取样、数好数量后，我们就回到教室，学习怎么处理我们手头的所有数据，找出平均值。然后，我们又估算了一下整座足球场一共能装下多少块取样纸板。

最后，我们计算出足球场上共有77 537 412棵青草！这当然谈不上是绝对精确的数字，但它是我们通过仔细估算后得出来的，已经是比较正确的估值了。我们从中还真学到不少东西呢！这个题目果然跟以前其他老师出的那种简单的题目大不相同。我们都是数学奇才（wizards，"1美元单词"）！

杰茜卡

第三幕 / 第一场

我最近的情况不太妙。

因为对丹妮尔好,我惹恼了莱克茜。我曾想,如果换作书中的贝拉,她一定也会这么做。可没想到,丹妮尔又突然不理我了,一点儿征兆也没有,完全出乎我的意料。我知道肯定是莱克茜在背后捣鬼。我不再有朋友——除书中的朋友外,比如贝拉——哦,还有安娜。

11月,T老师向我们介绍了一本书,贝茜·拜厄斯的《夏日天鹅》[①],要求大家共读。我以前没读过这本书,其实,贝茜的书我一本都没读过。

"这本书在1971年获得纽伯瑞儿童文学奖金奖。"T老师举起书说,"书中的故事引人入胜,跟你们常读的那些故事都不一样,作者的文笔很美,会带给你们很多思考,让你们学到很多东西,甚至可能改变你们。"

我坐直了,好兴奋呀。彼得小声抱怨着,而莱克茜正在神游呢。男生们都在扮鬼脸,女生们则互相用眼神在交流。

T老师接着说:"我们不仅要读完这本书,还要一起做

[①]《夏日天鹅》:美国知名儿童文学作家贝茜·拜厄斯的作品。

一个活动,这个活动会持续一段时间,更确切地说,是一次体验。"

这会儿,莱克茜从外太空神游回来了,也在仔细听。

"什么活动啊?"彼得问,"希望别是写讨厌的读后感什么的,我痛恨写读后感。"

"不,不写读后感,我也不喜欢那类东西。"T老师说。

那是什么呢?我很想知道。

"要我们打扮成书里的角色,是不是?"莱克茜问,"我最喜欢这样的活动!"

彼得说:"你想多了。"

杰弗里大喊:"你们安静会儿行不行?让T老师说完呀!"

这话很管用,再没有人插嘴了,于是T老师继续说下去:"我想让你们好好思考一件事。故事里有个叫查理的男孩,患有唐氏综合征——这是一种精神疾病,患者有智力和学习障碍。查理有个姐姐,叫萨拉,姐弟俩的年龄比你们大不了多少。查理和他姐姐的关系非常特殊——那就是我要你们深入思考的事情。"T老师停顿了几秒钟,不知怎么回事,我们仍然默不作声。他接着说:"所以,接下来几个星期,我们要做的就是,去拜访楼下的'爱心小班'。你们分成一个个小组,上午下午轮流去,只是陪着他们,他们做什么,你们就做什么。"

"T老师！"我举起手问，"'爱心小班'是什么啊？"我才来到这里，对学校还相当陌生，所以对"爱心小班"并不了解。

彼得回答："就是那些智力有障碍的儿童待的地方。"

"彼得，希望这次活动结束以后，你对这个问题会有不一样的回答。"T老师说，语气十分严肃。彼得没再接话。

T老师又说："杰茜卡，那是供有各种特殊需求的孩子学习的班级。或许你们有些人会感到紧张，甚至有点儿害怕，所以我才要你们一组一组地去。希望活动结束之后，你们能获得不一样的感受。"

第三幕/第二场

我们组有安娜和杰弗里。我还不太了解杰弗里。自从被莱克茜排挤出她的圈子后，我就和安娜一起吃饭。丹妮尔又回到了那个圈子，我出局。不过我才不想回去呢，我更愿意跟安娜一起玩儿。她很安静，而且聪明，比大家以为的要聪明得多。她是唯一能够远离莱克茜那些无聊游戏的聪明女孩。她说她的妈妈告诫过她。我们还没有谈论过她的妈妈或是任何从丹妮尔那里听来的事情，我也和她说起过我自己的事。到目前为止，我们都保有自己的秘密，这也很好。我喜欢安娜，她如果出现在爸爸的话剧里，肯定会是个很棒的角色。我知道,我们一定会成为好朋友!

我们第一次下楼的时候都特别安静,没有一个人发出任何声响。我特别想抱着一本书去,但忘记带了,所以只好以咬手指甲代替。想想真有趣,当你急着要去什么地方的时候,总是觉得时间过得慢,好像怎么也走不到你要去的地方似的,但当你不紧张的时候,时间倏忽而过,要去的地方不一会儿就到了。我从加州来这里的路上,如同坐过山车般飞快,我们去"爱心小班"也是瞬间就到了。

我们到的时候,老师显然已经在等我们了。

"大家好,欢迎来到我们的'爱心小班'。我是凯尔茜老师。"她说。

我们先进行了自我介绍,然后就由凯尔茜老师带着进了教室。"这是乔伊。"凯尔茜老师指着一个满脸鼻涕的小男生,"乔伊,跟朋友们打个招呼,好吗?"乔伊朝我们挥了挥手,脸上绽开灿烂的笑容。

"这是詹姆斯。"凯尔茜老师指着另一个男生说。他看起来很正常,但他没有和我们打招呼,连看都不看我们一眼。"这是小艾米莉。"凯尔茜老师指着一个样子特别可爱的小女孩,她脸上、手上、胳膊上都是口水,还一直在呻吟。另一位老师正在用手语努力地跟小艾米莉进行沟通,注视着她的目光,她想叫小艾米莉跟我们说"你们好"。"正在帮助小艾米莉的是沃纳老师，现在主要是她在帮小艾米莉。"小艾米莉试着跟我们说了声"你们好"，不过听得出来，她实在不擅长说话。

教室里还有几个小孩，凯尔茜老师挨个儿向我们介绍了一遍。这时，杰弗里把我的注意力都吸引过去了，只见他走到乔伊那边，开始跟乔伊玩一个叫作"记忆比拼"的游戏，我真不敢相信。我听见他说："乔伊，你真棒！你真聪明！"乔伊笑得特别开心。为了帮助他们完成他们的"任务"，安娜、我、凯尔茜老师、詹姆斯和小艾米莉慢慢走出教室。离开之前，我看到乔伊给了杰弗里一个大大的拥抱。

第三幕 / 第三场

他们的"任务"就是把学生餐厅里的塑料勺子、叉子、吸管和餐巾纸都归好类。凯尔茜老师把所有餐具倒在桌子上，詹姆斯开口说："712。"我满脸困惑，望了望安娜。

"詹姆斯，你说什么？"我问。

"712。"他又说了一遍，眼睛还是一直盯着桌子。

"他经常说712吗？"我问，以为这就是他随口说的一个数字。

"不是。詹姆斯是在告诉我们，桌子上有712个用具。"

凯尔茜老师说。

"桌子上有712个用具。"詹姆斯重复道,这次他看着我和安娜,身体晃动了一下。

"你真棒,詹姆斯!"凯尔茜老师说,她看起来特别激动,"你说话的时候看着我们的朋友!"

"凯尔茜老师,你的意思是,詹姆斯说的数量是对的?桌子上真的有712个用具?每天都一样吗?"

"哦,我没有为了统计总数天天一个个去数,不过每天的数量是不同的,但詹姆斯每次说的都对。"凯尔茜老师说道。

我和安娜惊愕地面面相觑。我实在想不通,詹姆斯居然有这种神奇的能力。不过让凯尔茜老师激动的不是这个,而是詹姆斯说话时能看着我们。我有个问题,不过我决定过会儿再问——我不清楚此时能不能问。

完成"任务"后,我们回去找杰弗里。

第三幕/第四场

杰弗里还在跟乔伊及其他几个小孩子玩儿。他在陪他们画画。

"杰弗里!"我喊道,"我们得回去啦!"

"哦,好吧!"他的肩膀耷拉下来,对那些孩子轻声说,"朋友们,我得走了。我很快就会再来的!"然后大家拥抱告别。

谢过凯尔茜老师后,我们回到楼上。一路上大家都没有说话。我想,我们每个人的脑袋里都装着太多的东西吧。

一回到教室,杰弗里就又变回原来那个怪脾气的杰弗里了。他是我们班的"化身博士①"吧,我想。

杰弗里

彼得说那些孩子"智力有障碍",我当时真想给他一拳!好在我不跟他一组。

我跟杰茜卡、安娜一起下楼的时候,她们看起来似乎有点儿害怕,不过我什么也没说。

走进凯尔茜老师的教室,见到那些小孩子,他们真的特别棒!乔伊充满爱心,只想跟我玩儿,想抱抱我,从来不会为什么事情难过、生气,就算玩儿游戏输了,他也毫不在乎。詹姆斯呢,我们进教室时,他正抱着一本厚厚的书在读,我一眼就看出他其实特别聪明。我想他一定是自闭症患者,因为他既不看我们,也不说一句话。还有非常可爱的小艾米莉,她老是要别人帮她做这个做那个,但谁

---

① 化身博士:源自19世纪英国作家罗伯特·路易斯·史蒂文森创作的长篇小说《化身博士》。作者在书中塑造了文学史上首位双重人格人物形象,后来"杰基尔和海德"一词成为心理学"双重人格"的代称。

都不忍心不帮她。他们让我想起迈克尔，迈克尔像这些孩子一样，每次和他在一起时，我都特别快乐——他就是有这种能力，因为他身上洋溢着满满的爱。

我从来没对任何人说起过迈克尔，也不打算说给谁听。不过，杰茜卡好像知道点儿什么。她很聪明，她会发现一些事情。

我们去过几次"爱心小班"之后，一天课间休息时她来找我。当时我坐在操场边上，那地方一般没人去。我正低着头翻看我的足球卡，根据球员的位置把它们排列起来。

她一坐下来就问："杰弗里，你……是不是有秘密？"

"你在说什么呢？"

"你怎么知道他们身上特别的地方？"

我试着不去理她，继续排列我的足球卡片。我才不会跟她说呢。

她又坐得离我近了些，说："我也有个秘密，学校里没有任何人知道。"

"那你干吗要跟我说？"我看着她问。

"我最近正在读这本《苹果树下的小艾达》①，书里的那个女孩最后终于讲出她的秘密，结果摆脱了困境。"

---

① 《苹果树下的小艾达》：美国作家凯瑟琳·汉尼根创作的一本儿童成长小说。

"你看的书很多啊。"我说。

她说："故事里的人物帮助我去理解、去思考很多事情，也帮我想通该怎么做。"

咦，那一堆足球卡怎么不见了？"所以，你才和别的女生不一样，不去理会莱克茜？"我问。

"或许是吧。"

"那你说说你的秘密，我听着。"

"我说的时候，可以看着你的这些卡片吗？"她伸手想要拿我的足球卡。

"不行！"我一把推开她的手，"不许动我的卡片！"

她安静下来。我刚才的举动可能吓到她了。

"对不起！"我道歉。

"好吧，那我就抱着我的书说好了。"说完，她又沉默了一会儿，我等着她开口。

她深深地吸了一口气，说："我的爸爸没和我们一起搬来……他是一名话剧导演，前不久交了个女朋友，是他剧组里的一个漂亮的女演员。妈妈决定带着我离开加州，离开我的爸爸……所以我们就来这里了。"

我一边忙着摆放足球卡，一边仔细地听她说。杰茜卡也知道我在听。过了几秒钟，她接着说下去。她有许多话想说。

"我根本不想来，可是妈妈说我没有别的选择。天哪，我特别生气，从来没有这么生气过。我想，爸爸不要的是她，又不是我，我为什么也要走呢？很蠢的想法，是吧？离开妈妈，我是活不下去的。"

我不知道怎么回应才好，只好继续低头整理卡片。还是不要破坏杰茜卡倾诉的心情吧，她有好多话想说，我静静地听着就好了。

"我当时并不知道爸爸不仅抛弃了妈妈，而且也抛弃了我。我最后一次跟他说话是在开学的时候，他打电话给我，可是后来他再也没打来了。"

我知道父母都不再跟你说话是什么感觉，我爸妈就是这样，但我还是不知道该说什么。

上课时间到了。

安娜

起初老师要我们去楼下"爱心小班"的时候，我心里很害怕。我真的不太了解那些孩子，只知道他们看起来都不整洁。不过，我也没有抱怨。

当我知道杰茜卡跟我一组时，我好高兴！最近我们一起吃午饭，她很喜欢读书，也很聪明，却不会摆出一副什么都懂的样子。只有我问她的时候，她才跟我讲她正在读的书，但是不会透露太多重要的情节。我以前从没想过，也不指望能交到一个特别的朋友，但是今年她出现了。她从很远的加州搬来，我特别喜欢跟她一起玩儿。我想邀请她到家里玩儿，可是以前从来没有同学去过我家，我不确定妈妈会不会同意。这事儿我得再考虑看看。

杰弗里也在我们组里。我跟他也不太熟，只知道他好像总是闷闷不乐。

没想到这次我发现他完全不是那样。他对小孩子特别友好，真的超级和善。凯尔茜老师、杰茜卡与我在一起，所以我也不害怕了。凯尔茜老师看出我很紧张，她帮我慢慢地熟悉每件事情。我发现她也没有戴结婚戒指。看来，T老师有很多选择呀！

小艾米莉可爱极了！可是我不想碰她，因为她的手上都是口水，她总是把手塞在嘴巴里。凯尔茜老师给了我们一块小手帕，让我们时不时帮小艾米莉把手擦干净，这样就可以拉她的手了。我们去做"任务"及回来的路上，我都一直拉着她的手。她冲我微笑，我觉得自己好像快要哭了，真没想到会是这样的情形。

一天，当全班同学都至少去过一次"爱心小班"后，T老师认为我们需要讨论一下各自的感受。

"老师，"在开始正儿八经的讨论之前，我赶紧问，"你知不知道凯尔茜老师没有戴结婚戒指?"

"哦,是吗?"

"嗯嗯,对面的纽伯里老师也没有戴。"

"我都没注意呢。谢谢你,安娜!你观察得真仔细。"

彼得插话说:"哇噢,T老师和纽伯里老师坐在树下……"

"好了,彼得。呵呵……"T老师举起双手说,"谢谢你帮我留心,安娜,不要再费这个心思啦。现在我们来分享一下你们的体会吧,好不好?"

本来我想告诉T老师我的妈妈也没有戴结婚戒指,但是他没让我说下去。

杰茜卡第一个开口:"T老师,为什么詹姆斯也在那间教室?他很聪明啊!"

"是啊,"彼得也说,"他不用数就知道餐桌上堆了多少勺子、叉子什么的。卢克,你应该跟他一起做数学题才对。"

"詹姆斯是个聪明的孩子。你说呢,彼得?"T老师问。

"是的。"彼得低声说,头也低了下去。

"他患有自闭症。"杰弗里说。

没有人再吭声,也许是杰弗里居然开口发言,让大家太过震惊,但也可能是因为我们不懂他话里的意思。

"詹姆斯非常热衷他自己关注的东西以及和它们相关的一切,他什么都知道。"杰弗里接着说,"很多自闭症患者其实都是某一方面的天才,詹姆斯就是个数字天才。不过,他确实也有他的问题。"

"哎呀,我们应该让他帮我们数足球场上有多少棵青草的!"彼得说。

"就是,那个,有他帮忙,我也就不会被人砸屁股了。"莱克茜接着彼得的话说道。

"好了好了,你们俩打住。"T老师说。

"杰弗里,你怎么知道这么多?"话一出口,我立刻就后悔了,真不该问的。杰弗里并不想受到关注。

杰弗里没有回答,他又变得沉默了。

丹妮尔

去看"爱心小班"的小孩子时,莱克茜跟我一组。我既高兴又不太高兴。这种感觉真奇怪。

每次我们去那里或是从那里回来,莱克茜都会说杰茜卡的坏话——有时候也会说安娜的坏话。

"你有没有觉得,安娜也应该待在那儿。那个,她多笨啊!"莱克茜说。

虽然我不能跟安娜交朋友,可是我知道她一点儿也不笨。我们上植物实验课时是搭档,那次她可帮了我不少忙。而且,安娜是唯一一个没有伙同莱克茜排挤我的人,她很勇敢！

"那个，杰茜卡应该待在这间教室，她连个正常的朋友都没有。"莱克茜说。

最让我百思不得其解的是——莱克茜对"爱心小班"的那些孩子却特别好。乔伊很喜欢她——好吧，乔伊见谁都喜欢，不过他总是冲着莱克茜笑，还喜欢拥抱她。她对小艾米莉也很有耐心。看到莱克茜那样，我也感觉不那么紧张了。我跟那些孩子相处得很开心——尤其是跟詹姆斯。

杰弗里跟我们说过，詹姆斯会对某些特定事物非常着迷，农场就是其中之一。他的小脑袋里塞满了关于拖拉机、机器、奶牛等事物的知识，所以我从家里带了好多照片过去，他高兴极了！每看一张照片，他都没完没了地说个不停。

"乳头，这是奶牛的乳头。把乳头洗干净之后用乳头消毒液……"

我拿出下一张照片。

"干草，呈捆或呈卷状。晒干草是辛苦活儿。从货车上把成捆的干草扔下来，放到升降机上，再在干草棚里把它们摞起来。"

我又拿出一张照片。

"约翰迪尔拖拉机！经典的黄绿色，马力超强……"

詹姆斯都是自言自语，不过没关系，他的大脑转得飞快。等时间到了，我准备拿回照片的时候，詹姆斯突然开始尖叫，他真的是大声尖叫，没有内容，只有尖叫声——特别刺耳的声音。我吓了一大跳，赶紧松开拿照片的手，沃纳老师立马赶了过来，我这才让到一边。

"这些照片都给他吧，没关系的。"我说。

沃纳老师说："亲爱的，你真好。詹姆斯，向你的朋友说声谢谢，好吗？"

"啊——哦——"詹姆斯喊了一声，努力想从沃纳老师手中挣脱出来。

沃纳老师又说："詹姆斯很难从一个活动切换到另外一个活动，他搞不清楚什么时候该结束。"

这次看着他大发脾气，我为他感到难过。我说："没关系，照片送给你啦。詹姆斯，再见！"

他发出了更大的哭喊声、尖叫声，持续了很久。我希望他能够尽快平静下来，可是我不得不离开。我只想离开，不愿意看见这一幕。

楼下发生的这一切令我心烦意乱，可没想到让我有了说出想说的话的勇气。我们从那间教室一出来，莱克茜就开始念叨了。

"那个，詹姆斯真是个怪胎，我看杰茜卡可以和他做同桌，她可是我们班的超级怪胎。"

"够了！"我突然发火了，"你为什么总是这么刻薄？跟孩子们在一起时你还挺善良的，现在为什么又说这种话？"为了忍住眼泪，我转身跑过大厅。

"他喜欢奶牛。也许他应该跟像奶牛一样的你交朋友！"她在我的身后吼道。

热乎乎的眼泪从我脸上滑下来。我冲上楼，躲进卫生间。杰茜卡正好也在里面。

"你怎么了？还好吗？"我哭着进门时她问道。

这个女孩才是我真正的朋友。我现在终于知道了。

"对不起，杰茜卡，以前是我对你不好，我再也不会这样了。"

她走到我面前，我们互相拥抱，我觉得好多了。

"现在我知道杰茜卡才是我真正的朋友。我希望莱克茜别再那么刻薄。我也为詹姆斯祈祷，他今天非常难过。我想让他快点儿平复情绪，觉得好过一点儿，而且学会在该停下的时候停下来。"临睡前，我将这些话写进日记。

莱克茜

那个，彼得在足球场上用纸板袭击我那件事，明显是他故意干的。那个，我也不时提醒他，我们的植物就是被他害死的。"我早就跟你说了。"我一直这样责备他。昨天，他居然还冲我吼，叫我别再烦他。

彼得总是爱找我的碴儿，捉弄我——我敢打赌，那是因为他喜欢我。那个，班上所有男生都觉得我很漂亮。我爱穿漂亮的衣服，涂亮闪闪的润唇膏，这些他们都喜欢。他们肯定从不正眼瞧丹妮尔一下。那个，她竟然对我发那么大的脾气，以前她从来没这样冲我吼过，想必是她的胆子随着身体的发胖而变得越来越大了。哼，看我怎么修理她。

我真的喜欢去"爱心小班"，在那里用不着多想，不管怎么样，那些孩子都会很喜欢你，真好。T老师这个点子真不错。

乔伊特别喜欢我的羽毛围巾，所以每次去，我都戴着给他看。那个，我想看看下次能不能给小艾米莉涂点儿润唇膏，我猜她可能会喜欢。那个，其实每个女孩都应该涂点儿。

第四章　12月

> **彼得**

上个月，T老师让我们读一本傻得要命的书，还让我们去和"爱心小班"的孩子相处一段时间。反正一开始，我就是这么想的，我过去一直也是这么想的。据我所知，"爱心小班"里大都是些智力有缺陷的孩子，大概是詹姆斯让我改变了想法吧。我的意思是《夏日天鹅》还算好，但也就那样，可是"爱心小班"跟我所想的完全不一样。

那些孩子其实都很棒，尤其是詹姆斯。如果有什么东西撒在地上，或者一堆东西摊在桌子上，他只要瞧一眼，就能告诉你总数。真的是这样，他可以瞬间脱口而出，根本不用数。不管有多少——是312支叉子，还是813块积木，他每次说的都对。而且，跟詹姆斯一起玩儿特别酷，他会跟我低头击掌，不是高高举起手来击掌，因为用眼神交流对他来说太难了。我们也一起玩儿游戏。我挺喜欢去看他。

所以我喜欢T老师的新点子，他的点子多得用不完。

"大家听好了，有这么一件事，"12月的一天，他宣布，"跟别的班级一样，我们也要举办节日派对，但又和他们的不一样。"

"那当然！"我脱口而出，"他们的节日派对太没有创意了。"有时候我就是这样，话还没经过大脑就说出来了。其实这种情况经常发生。大家忍不住都笑了——包括T老师，因为我说得很对。

"大家分成小组，一起创造以特定节日为焦点的展示中心，丰收节、光明节等都行。"要怎么做，T老师接着说了一番，可是我都没听，我在想些别的东西，然后又一次脱口而出："T老师，我们可以邀请詹姆斯和他的朋友们来参加我们的派对吗？"

大家都安静下来，看着我。这时杰茜卡说："这个主意好极了！"班里其他同学也都赞成。T老师已经笑开了花，点了点头。我好像看见他抹眼泪了，但不懂他为什么会这样。

杰茜卡

第四幕/第一场

我选丰收节作为我的节日主题，主要是想多了解一点儿这个节日。分组结果出来了，我居然跟安娜、丹妮尔、杰弗里，还有莱克茜一组。莱克茜一听，立马就要求跟凯蒂温迪、纳塔莉和希瑟一组，不过T老师没同意。T老师是想找麻烦吗？那他还真是找对了！

我们的任务很明确，T老师说过："节日中心要包括一项调查研究、一种游戏、一种手工制作活动，还要有食物。每一个中心必须实现完全自主运作，因为各个小组会互相参观。"

我们小组马上开始讨论分工问题，但莱克茜没让我们讨论太久。"那个，杰茜卡，你来做调查研究吧，因为，那个，你最聪明嘛。安娜不行，我看她根本不懂那些！"

安娜低头盯着地板。她以前总是这样，不过最近比较少见了。这回莱克茜又说了一些刻薄的话之后，安娜不仅低下了头，而且整个人都萎靡不振。接着，莱克茜看了看杰弗里，可她没胆子说他什么，然后她又冲我和丹妮尔笑了笑。我可笑不出来，但我看见丹妮尔扬起了一边的嘴角。

我跟杰弗里负责查资料，做调查研究，安娜和丹妮尔负责设计手工活动。跟杰弗里一组倒是正合我意，我上次跟他倾吐了我的秘密，可他还没有机会把他的秘密告诉我。安娜和丹妮尔做植物实验时就是搭档，所以我知道她们这次配合也完全没问题。此外，我还希望丹妮尔不要理会她外婆的叮嘱，可以和安娜成为好朋友。莱克茜自我任命为我们组的组长，按照她的说法，她负责督导我们每个人的工作，正如她所言："那个，我就只看看，确保每个人都做好该做的事。我就是，那个，我们组的组长。"我猜，她是想说她是老板吧。

对于莱克茜"了不起"的安排，我们倒也都顺从。因为她不参与具体的事，我们的工作要容易得多，省力得多。可没想到，莱克茜还不满意。不，她就是要尽其所能地把大家都弄得很生气才高兴。她就是这样一个人。

第四幕 / 第二场

一天，杰弗里、安娜和我正在讨论如何把我们各自完成的部分融合在一起，丹妮尔在旁边组装手工材料，那是她和安娜不知疲倦地工作了好久的成果。然后，莱克茜出招了。

"那个，你们觉不觉得应该让丹妮尔负责准备食物才对啊？"她故意说得很大声，就是说给丹妮尔听的。我打起精神，等着听她的下一句。"我的意思是，你们看看她吧，那个，她那么胖，肯定对吃最在行了！"

丹妮尔冲出教室，我们谁都没吭声，谁都没做点儿什么，仿佛我们都以为如果假装什么都没发生，那就真的会没事,可是并没有。接下来轮到我了,莱克茜才不会放过我。

第四幕 / 第三场

我和杰弗里决定设计一个关于丰收节的知识问答的小游戏,可以让大家了解丰收节的知识,同时也能展示我们为做调查研究所查询到的资料。为了设计这个游戏,我们需要做一大堆事情。我们刚刚才把搜索整理出来的内容编成问题写在竞答卡上,莱克茜就出现了。

她肯定刚从卫生间回来,嘴唇上闪亮的润唇膏是新涂的,嘴里嚼着一片新的口香糖。穿着牛仔裙和豹纹紧身连裤袜的她,夸张地在我们面前一扭一扭地走着,接着她弯下腰,抓起几张竞答卡看了几眼,我肯定她根本没有细读,不过是装装样子,然后她使劲地嚼不该在学校里吃的口香糖,发出吧嗒吧嗒的响声。

"那个,没人看得懂这些问题。"她盯着我说,"你这些问题的用词,叫人怎么看得懂?那个,你就是想让别人都觉得自己笨,数你一个人最聪明是吧?"她把一张竞答卡甩向我。

不,才不是这样。我从来没有这么想过。

第四幕 / 第四场

T老师来了。

"莱克茜!"

我抬起头一看,才发现他来了,不知道他什么时候进来的。莱克茜也没想到,她慌慌张张地转过身。

"莱克茜,我想我们该谈谈了。你跟我来。"

他带着她走出房间,两人离开了好一会儿。

第四幕 / 第五场

T老师又回来了,莱克茜没有跟在后面,她去哪儿了?

"现在我得跟你们聊聊。"他注视着杰弗里、丹妮尔、安娜和我说。我们在我们的活动区坐下来。

"我早就发现莱克茜对你们不客气。我本来希望你们当中能有人站出来制止她,可是你们都没有。"

我低下头。我知道我应该做点儿什么,可我并不像我书里的朋友们那么坚强。

"如果使坏的人总能得手,那他们就会一直这么坏。你们应该站出来相互支持,要是你们四个人团结在一起,哪怕是莱克茜也不敢欺负你们。"

我能感觉到T老师的目光落在了我身上。他把身子往前倾,试着注视我的眼睛。他要和我们每个人对视,可是我们一个个都盯着地板。

"你们应该感到失望,"他说,"你们应该相互支持,站出来面对,这样才是朋友!"

我们仍旧一声不吭。安娜在揉眼睛了,丹妮尔也是。

"别光坐着生闷气,"T老师说,"这样没用。你们需要继续努力,从中吸取教训,下次别犯同样的错误。"

T老师走了。

第四幕/第六场

杰弗里在想什么呢?丹妮尔、安娜又会有什么感受?

丹妮尔说:"我再也不和莱克茜说话了。"

"我也是。"安娜说。

"这样也不好,"我说,"我们可以不把她当朋友,但也不用拒绝和她打交道。我们应该大气点儿。"我又低下头盯着地板。我又一次对自己很失望,就像T老师对我们失望一样。我总是不够勇敢。

卢克

卫生间就在我们的教室对面,中间隔了个大厅走廊。谁在乎呢?在被困在卫生间里出不来之前,我就从来没想过这回事。那次,我到处细看了一下,这多亏了彼得。

我正在教室里忙着节日中心的事情,我把所有材料都摊在地上,计算游戏板的合适尺寸。T老师在教室另一头查看别的小组的进度。我趴在地上,认真地进行着计算,根本就没注意彼得。我的鞋底是朝上的——这简直就是在"引诱"捣蛋鬼彼得。他神不知鬼不觉地溜过来,我一点儿声响都没听到。有时候我猜想,彼得长大以后会不会变成一个名震天下的神偷。直到听到彼得咯咯咯的笑声,我都还蒙在鼓里,完全不知道发生了什么事。彼得说:"嘿,卢克,你穿的球鞋是什么牌子的?强力胶牌的吧?"

我忽然抬起头问:"你说什么?"

"当心点儿,你穿着它们走来走去,可别摔跤了……"

我赶紧看看我的球鞋,鞋底已经被捣蛋鬼彼得涂满了胶水!

"你这个坏家伙!"我骂道,口气一点儿也不严厉,其实我并不在乎,不值得为这种事生气,况且我已经习惯了彼得的恶作剧,他也没多大的恶意。我脱下鞋子摆在一边,鞋底朝上,然后我接着去做自己的事情了,这是最简单的对策。彼得没有尽情享受到他的"成果",似乎没那么得意了。我不生气是因为我知道怎么对付彼得,我总能以智取胜。这下他气疯了,我却很得意。

算完尺寸,我抓起球鞋冲进卫生间。T老师还在别的小组忙碌着，所以他既没看见彼得的恶作剧，也没有看到我离开教室。我把鞋子拿到洗手台，用水冲掉胶水，然后用纸巾擦干鞋底，重新穿到脚上。我正要推开卫生间的门，发现门又马上弹了回去。哎呀，我被困在这里了。

T老师和一个人在走廊里说话，我把门推开一条小缝，想看看究竟是谁。

"你之前总是自行其是，"T老师的背对着我，他身体前倾，对那个背靠着墙的人说，"现在，你该听我的了。"他站直了身体，双臂交叉，这个姿势说明他的态度十分严肃。就在这个时候，我才看清那个人是谁。因为眼泪打湿了脸上的妆，她的脸上爬满紫色的泪痕——莱克茜——哭泣的莱克茜。我从来没见她哭过，也没听说过她会哭。

"我很喜欢你，莱克茜，我也希望同学们喜欢你，我想帮帮你。我希望你对他们更友好一些。我再也不能容忍你的刻薄了。"

哇！T老师这么说真的有用吗？

"你去卫生间把脸洗干净，准备好了再回教室。在我回教室之前，你还有什么话想说吗？"

莱克茜就像旋风一样从T老师身边冲过，看都没看他一眼，也一声没吭。T老师长叹一口气，摇摇头，回教室去了。我很好奇他在想什么。我不打算说出球鞋的事了，因为它好像并不重要。T老师还有更重要的事情要操心，比如纪律（discipline，"1美元单词"）问题。

我等了几分钟才跟随T老师回教室，我可不想让他看出我在偷听。可是我又急于想跟别人分享刚刚看到的事，因此我急匆匆地进入教室，完全没留意脚下——不过，就算我留意到了，该发生的事还是会发生吧。

我还没跨进教室门，就踩到了一汪积水。我立马跳起脚，又张开手臂，好像一只慌乱中扑棱着翅膀拼命努力保持平衡的鸵鸟。不知怎的，我一路跌跌撞撞地从油布地板滑到地毯那边，居然没有摔倒！

神情严肃的T老师在跟杰茜卡、丹妮尔、杰弗里和安娜说话，所以他什么都没看见。可是彼得、本、尼克及其他几个男生在疯狂地玩闹，不断狂笑。我知道他们都干了什么，应该说是我知道彼得都干了什么。他喜欢用拇指堵住饮水机的出水口，然后按下开关按钮。这是他的另一个臭名昭著的鬼把戏。水流了一地，一直流到门口，所以地上才会出现一汪水。是彼得故意要把水喷到地上，还是他刚刚用水喷别人之后留下的，我不知道。不管什么原因都已经不重要了，我也来不及追究，因为有个人跟在我后面并且很快就要走进来了！

想必她正在巡视各个班级上课的情况，在每个班级里待上几分钟。今天,她可要倒霉了。威廉斯校长一脚刚踏进教室就踩到了那汪水。她身穿深蓝色的套装(西装外套和窄裙),脚上穿着高跟鞋,实在是没办法保持平衡。她一只脚一踩到水,鞋子立马就打滑起来。我本以为她会来个劈腿,可她的另一只脚也跟了上来,双脚便一起往前滑去。她两只手在空中使劲胡乱抓着,身体随即往后一倒,"砰"的一声,整个人就手脚朝天地摔倒了。

太令人难以置信了!我知道不应该盯着她看,但是我真的没办法移开眼睛。这可是威廉斯校长啊!我发誓,我一辈子也忘不了这一天。

T老师朝她冲了过去,我们全都拼命忍着,不敢笑出声。毕竟她是我们的校长,就连彼得也没敢偷笑。他看起来特别紧张。

"威廉斯校长,您没事吧?"T老师边问边扶她站起来,"彼得,快去拿块毛巾把这里擦干!"

他为什么叫彼得去?因为他知道地板上的这汪水肯定是彼得干的好事。这就是他的方式,他在告诉彼得,什么都逃不过他的眼睛。

"我没事,"威廉斯校长说,她拍了拍身上,抚平衣服,"抱歉,打断你们上课了。"校长说完转身就离开。好尴尬啊!她走后,门一关上,笑声、谈话声在教室里訇然而起。

"这种事绝对不可以再发生了，"T老师说，"幸好威廉斯校长没受伤，也没有其他人受伤。我希望以后地板上不会再出现那么一汪水了。"T老师说完，直接盯着彼得看。没错，他知道是彼得干的。他摇了摇头，然后走回讲台。

当时我以为这绝对会成为今年无与伦比的事件，却不知道更严重的大事即将发生。

莱克茜

T老师说了句："莱克茜，我想我们该谈谈了。你跟我来。"

我跟着他走到大厅走廊后面，他关上身后教室的门。以前别的老师也私下找我谈过话，那个，这没什么大不了的。

我根本不想给他机会。"他们都对我很坏！"我脱口而出，一句接一句，"他们什么都不让我做，杰茜卡，那个，她就像个老板似的！"

但这又是T老师不同于其他老师的地方。

"不对，"他说，"别说了！"

"可是……"

他举起双手，说："别再说了！"

我只好安静下来。他直直地看着我的眼睛。

"你在撒谎，我讨厌骗子，"他说，"使坏的人是你，我也不喜欢使坏的人！"

我觉得眼泪像是要流出来了,可我不想哭。事情不是这样的。我咬紧牙关,使劲揉了揉眼睛,两只手紧紧地攥着钱包。

"从你现在的表现来看,我从没见过和你一样刻薄的女孩!"他说。

我忍不住了,眼泪流了出来。我真的觉得好伤心。我只能低头看向地板。

"我说的是有道理的,莱克茜。"

那个,你说的就是没道理,但我一声没吭。

"事实有时候会伤人,但是我必须跟你说实话。"

我仍旧低着头,从包里抽出一张纸巾擦了擦眼睛。

"我知道你的内心不坏,也并不刻薄,"他接着说,"所以,以后不要像现在这样了。凯尔茜老师也跟我说过,你在她班上的表现令人惊叹。"

他不懂。没有人愿意跟我做朋友。因为以前就是这样的,我知道。同学们都嘲笑我穿的衣服,笑话我说话的方式,还叫我豹纹莱克茜、"那个"莱克茜。后来上三年级了,有一天我决定反击,我对着一个女生大吼大叫了一番,就像爸妈吵架时那样。从那以后,没有人再愿意跟她好,虽然后来我也解释那天我都是瞎说的,可是没用,他们还是抛弃了她。她变成了我的朋友。就这样,我成了她们的头儿。

突然间，我好像随随便便就能得到很多关注，不像在家里。妈妈在家，多数时间是在生爸爸的气（爸爸从不待在家里），没空理我。然后去年，她，那个，忍耐到了极点，就把爸爸赶出了家门。妈妈那会儿跟我说："莱克茜，不要让别人像你爸爸欺负我们一样摆布你，你一定要学会主动出击，要做掌控局面的人！"所以，我不可能再做一个软弱和善的人，再也没有人敢嘲笑我。

我不记得T老师还说了些什么，我实在太生气了，根本听不下去。

我恨你，T老师。

杰弗里

"有用吗？"一天我问杰茜卡，当时我们正在用电脑查找关于丰收节的资料。

"什么？"

"倾诉有用吗？像书里的艾达那样？"

"我觉得有点儿用。"我盯着电脑屏幕说。

"我在听。"她说。

"你保证不会告诉别人？"我问。

"我不会说的，我保证。"她说。

"因为这件事没其他人知道。我是去年下学期才搬过来的，所以大家都不知道我的事。"

"我不会跟别人说的。"她又保证了一次。

我也不明白自己为什么相信她，但这是我第一次跟别人说起我的秘密。

"我有个哥哥，叫迈克尔。那套足球卡片就是他的。他患有唐氏综合征和白血病，病得很严重，所以我爸妈为了救他才生下了我。"

我感觉杰茜卡听到最后一句的时候转头看着我，但是我仍然盯着电脑屏幕。

"他们把我的骨髓干细胞给了他——那是一种特殊的细胞，可以生成我们体内任何其他细胞——希望它能生成迈克尔需要的东西。有一段时间它很有效，可是后来他又病了，常常住院，所以我才那么了解有特殊需求的孩子。"

我停了下来，电脑很安静，杰茜卡没按动键盘，她在专心听我说。

"然后在四年级开学之前的那个暑假，我将骨髓移植给了迈克尔，这是他的最后一次机会。其他治疗方式都失败了。"

我又说不下去了，喉咙开始发紧，声音也哽咽起来，要把剩下的话说完变得很困难。

"结果怎样？"杰茜卡问。

"它起作用了,可是速度不够快。迈克尔的身体还来不及击败癌细胞,他又病倒了……我没能救活他。"

我目不转睛地盯着跳来跳去的电脑屏保图案,然后杰茜卡说了一句从来没有人对我说过的话:"杰弗里,这不是你的错。"

我站起来向卫生间走去。我非去不可。

安娜

以前,从来没有老师为我撑过腰。同学们总是捉弄取笑我,老师从来不管,但也可能是因为我自己向来没有什么反应,我既不哭,也不闹,只是安静地待着。或许看起来我总是不以为意,可是谁的脸皮真的会有那么厚啊。

T老师做了一件让我好喜欢的事,不过他其实并不关心。他希望我们几个能相互支持,我不知道自己能不能做到。不过,有杰茜卡和丹妮尔在我身边,我会努力试试的。

在莱克茜事件以后,我们这组的进展顺利多了。她回教室的时候安安静静的,那一整天以及后来的每一天都是这样。我知道她心情糟糕,很多女生曾经因为她,心情变得一样糟糕,我想这也算公平吧。不过这也让我心烦。妈妈总是跟我说:"我们没有那么多的时间浪费在生气和悲伤的事情上。安娜,你一定要开心、快乐才好。"我觉得妈妈积极乐观的态度真是太了不起了,尤其是在经历这么多逆境以后,她说得太对了!我们没有挤对莱克茜,我们只是让她自己待着,没去理她。我们希望她和T老师谈过话之后会有一些改变。

准备节日中心期间,我鼓起勇气尝试做了好多从来没有做过的事情。一天课间休息时,我用木棍在地上一通乱画后,深呼一口气,抬起头勇敢地向前冲去。

"你们愿意到我家来玩儿吗?"我问杰茜卡和丹妮尔。

杰茜卡抬起头回答:"好啊好啊,我很乐意。"她看了一眼丹妮尔,只见丹妮尔还是低着头在地上画画。丹妮尔画得特别好,所以我以为她可能是想画完了再回应我吧。突然,"啪"的一声,她把小木棍折成了两截。"不过,我得问问我妈。"杰茜卡补了一句。

"我也是,"丹妮尔说,不过她依然没有抬头,"我回去问问妈妈的意见。"

"你要是不想来,也没关系,不用勉强。"我对丹妮尔说。

"不是!我想去!"她抬起头直视着我的眼睛,然后又转移视线,小声说,"但我需要征得家人同意。"

上课的铃声响起来了。丹妮尔在地上画了三个手牵手的女孩。我忍不住露出微笑。她们俩都想来我家玩儿,我只希望她们的妈妈都能同意。

丹妮尔

节日中心太好玩儿了，成果棒极了。事情很多，其中包括一些辛苦的工作，尤其莱克茜还与我们同组。不过，被T老师找去谈过话以后，她变得跟以前大不一样，变得很安静——这让我们更顺利地完成了节日中心的创建工作。

杰茜卡和杰弗里一起完成了知识竞答，他们设计出很多超级棒的题目。卢克来我们节日中心参观的时候，可喜欢做这些竞答题了，还说从问题中学到好多东西，T老师听了特别高兴。

T老师一直在我们的节日中心逗留，因为我们准备了好吃的饼干。饼干是我做的，虽然莱克茜说了很难听的话，但我还是做出来了。外婆和妈妈帮我找到用一种叫茴香籽的香料作配料的食谱，我们仨在厨房里花了好长时间才做出来的。我非常想趁这个机会问她们我可不可以去安娜家玩儿，可是……我就是开不了口。

节日中心展示的那天，最棒的部分就是"爱心小班"的小伙伴们来参观的时候！这是彼得想出来的好主意。有些知识竞答题目对他们来说太难了，但是我们都很乐意给予他们帮助。他们还能做一些手工，可以吃到特别的食物，比如我的饼干。詹姆斯最喜欢我们的手工活动——先是把纸剪成细细的长条状，然后用订书机订成一个个圆圈，再把圆圈穿成一条纸链子。这条纸链子正好是个能倒数出丰收节还剩几天的日历，可能是29天，也可能是30天。我们链子上的圆圈可不只这么长，因为来参观的人不断穿起更多的圆圈。"137。"詹姆斯看了纸链一眼就说出了圆圈的数量，然后又有一些圆圈被加了上去。

詹姆斯很喜欢我为他准备的惊喜。我收集了一组与中东地区的农场及农事相关的照片。他坐下来后开始谈论它们，一张张仔细地看。看到詹姆斯这样，我也十分开心。

这次，杰弗里真是让我们大吃一惊。乔伊一到，杰弗里就拿出他制作的记忆游戏工具——一副配对好的卡牌，同样的花色各有两张，上面都是跟丰收节相关的图片。他们一起玩儿得可开心了。

真是超级美妙的一天。T老师笑容满面，我也是。

杰茜卡

第五幕 / 第一场

"亲爱的，学校里怎么样？"我一钻进车子，妈妈就问我。妈妈特别好，每次她都会尽量开车来接我。有些同学，比如杰弗里，就不得不每天乘公交车回家。

妈妈开始认真考虑写作了。她本来就会写，而且已经写得非常好了,以前在加州的时候,她就帮爸爸写过剧本。现在,她要为自己写了,所以她下午才有空来接我放学。好在我们不缺钱,妈妈暂时还不需要找一份固定的工作,她可以尽情追求自己的理想,希望将来我也能像她这样。妈妈在这里的书店有一份兼职的工作,这样她有机会和别人交流,免得老是回忆在加州的日子。我的思绪还是会经常飘回那里,不过不像几个月前那么浓烈了。爸爸再也没有给我打过电话。

"学校很好。"我边说边系好安全带,车子发动了,"妈妈,你听我说起过安娜和丹妮尔对不对?"

"对。怎么啦?"红灯亮了,妈妈的脚使出了比平常大的力道,来了个急刹车,车子猛地停在停车标示牌前面。

我摇了摇头。"一切都很好。"我盯着前面说,"绿灯亮了。"妈妈慢慢松开刹车踏板,"安娜请我和丹妮尔去她家玩儿。"

"那很好啊,杰茜卡。"妈妈说。

"嗯,可是我知道丹妮尔可能不会去。"

"你怎么知道?"

我跟妈妈讲了安娜妈妈的故事,也解释了为什么丹妮尔的妈妈不准丹妮尔和安娜那样的同学来往。

妈妈将车向右转,开上我们家的专用小道。

"我不会因为安娜的妈妈曾经犯过一次错误就不准你去她家玩儿。"

妈妈把车开进了车道，停好车。"如果丹妮尔是个好女孩，我相信她的妈妈也是。"妈妈说，"但是安娜的妈妈是个什么样的人，我们得自己判断。"

"爸爸也只是犯了一次错误，你却不再给他机会。"

"你爸爸不想要机会。我们离开之前，他已经说得一清二楚。"她顿了顿，接着说，"离婚协议书今天寄来了。"

我安静地坐着。我被惊得一句话也说不出来。

"亲爱的，对不起。"妈妈说，"我有把握你爸爸很快就会打电话过来的。"

我耸了耸肩，说："你不必为了安慰我而说谎。"

"好吧，你说得对。"妈妈叹了口气，"我向来对你实话实说，什么都直言不讳。其实我也不知道他会不会打电话来。"说完，她又叹了一口气。

第五章 1月

杰茜卡

第六幕/第一场

安娜的家不大,却很舒适,大小正适合她和她的妈妈两个人住。白色的墙,灰色的百叶窗,前面还有个漂亮的门廊,安娜就在那儿迎接我们。我们刚打了招呼,一转眼两位妈妈就握手了。特丽邀请我的妈妈进去喝杯咖啡,然后她们就去了厨房。安娜就带我去她的房间。

我说:"希望我们的妈妈能成为朋友。"

"我也希望,"安娜说,"我的妈妈还没有什么朋友。"

"我的妈妈也是。"我心里想。在加州的时候,爸爸在外面忙着工作、应酬,妈妈就总是陪着我,我们很少见到爸爸。就算他回到家里,也是非常忙碌。前几天他打电话来,只问了妈妈有没有收到离婚协议书,压根儿没说要和我通话。

"你在读《贝拉·蒂尔》啊!"我看见她的床头柜上摆着这本书,惊喜地问,"你喜欢读这本书吗?"

"嗯,挺喜欢的,"安娜说,"是妈妈从她上班的图书馆借过来给我的。"

哎呀,我都不知道安娜的妈妈在图书馆上班,太好了!我想跟她聊聊书了。接着安娜告诉我她的妈妈也在学绘画,还给我看了一些作品。太不可思议了!我立刻想到丹妮尔,她如果有机会认识安娜的妈妈特丽,就会发现她们拥有共同的兴趣。然后,安娜让我看了她其他的书,还有她收集的石头。后来,我教安娜做"解忧娃娃",那是我从一个书中人物那儿学来的。我想还是让那些娃娃去为爸爸解忧吧,我受够了,不再天天牵挂他了!

这一天我们过得真是太开心了。时间过得飞快,那感觉就像在游乐园里玩儿似的。临走道谢的时候,我们约好下次再来拜访。

开车回家的路上,妈妈说:"你听到的关于特丽的事都是真的。可怜的女孩。"

我没说话。我第一眼看到安娜的妈妈特丽时,就知道那些事是真的。她看起来好年轻。

"我跟她说了你爸爸的事。"妈妈说。

我依然没说话,我不知道该做出什么反应。惊讶、生气、高兴,一瞬间,这些情绪交织在一起。这时妈妈也默不作声了,我想我们都在忙着琢磨自己的心事吧。

安娜

丹妮尔因为当天有别的事情,没能来我家玩儿,但杰茜卡来了。我们玩儿得好开心!杰茜卡的妈妈开车送她来的,不过她没有放下杰茜卡就走,反而走进我家的门廊,还接受了妈妈一起喝杯咖啡的邀请。

我真的特别高兴。因为从来没有人到家里找妈妈玩儿,所以这也成了她的第一个聚会日。也许,现在她终于还清了"犯错"的债。我多么希望是这样。自从我成为那个"错误"的结果以来,我总觉得这是我的错。我想帮她找个朋友,找个丈夫。

一个下午飞一样地就过去了。

杰茜卡和她妈妈走了以后,妈妈把我搂到怀里,说:"她们都是真诚的人,安娜,你在学校交到一个很好的朋友。你想和她走得多近都可以。"

听了妈妈的话,我不禁微笑起来。希望下次丹妮尔也能来玩儿,我相信妈妈对她也会有同样的看法。

丹妮尔

"开班会。"T老师大声宣布。

这是我最喜欢的时刻。我们把课桌全部搬到教室的一边,用椅子围成一个圆圈。每个人都面朝圈内坐着,包括T老师在内。他拿着"麦克风",不是真的麦克风,我们只是拿它充当发言的道具,只有拿着这个"麦克风"的时候你才可以说话。我等着T老师宣布开始。

"你们看,现在我们的纸环带子马上要碰到地板了,只要你们能再有一两天的优秀表现,就成功了!"T老师说。

纸环是T老师给我们设定的一种奖励形式。开学第一天,T老师就把一个纸环挂在天花板上,只要我们全班哪一天表现特别好,T老师就往上面加挂一个,这样就慢慢成了一条纸环带子。我们的目标是让纸环带子碰到地板,那时我们就能有一天自由活动的时间。

"到目前为止,你们都表现得非常好,"T老师说,"所以我想知道,你们在自由活动那天会做些什么。"

T老师把"麦克风"往他的左边传,如果你不想说话也不必勉强,可以把"麦克风"接着往下传。莱克茜就把"麦克风"传给了下一个人。自从T老师找她谈过话以后,她就不爱说话了。

第一个提出绝妙建议的人是卢克。"到了那天，大家想做什么就做什么，好不好？有点儿像在室内的课间休息，不过我们可以好好规划一下大家的自由活动项目。"

"这个提议我喜欢！"杰弗里拿到"麦克风"后大声说道，"如果是自由活动时间，也许我们可以邀请詹姆斯、乔伊、小艾米莉，或者'爱心小班'里的其他孩子上楼来我们教室玩儿。如果他们愿意，我们也可以去他们的教室。"

"我们可以过去和他们一起玩儿游戏！"安娜拿着"麦克风"补充道。

轮到我发言了。我说："我觉得，我们应该把大家提议的活动统统放到这一天进行，但说不定也可以去外面玩儿。"大家齐声欢呼起来。我感觉真有点儿怪，因为其他女生居然都同意我的提议。如果莱克茜还像原来那样，她们肯定就只听她的了。不过现在她变得安静了，成了旁观者，女生们也相处得特别好。

没有了女生们的"战争"，并不表示一切都很完美。我仍然有个问题要处理——与安娜有关。上次，我因为胆小软弱，没敢问妈妈，所以周末就没去她家玩儿。我编了一个借口，说那天家里有事实在去不了。杰茜卡后来跟我说，那天她们玩儿得开心极了，又说安娜的妈妈特别亲切。现在，安娜又邀请我们去她家玩儿。

"你先看看你家哪个周末没事儿,你有空来我们家,然后我们再一起计划怎么玩儿。"安娜对我说。

这次我真的得去问问妈妈对这件事的意见了,非问不可。

班会结束前,T老师做最后的发言:"你们这些提议都不错。我们可以计划那天先在教室里玩儿游戏,然后再出去呼吸一下新鲜空气。我先想一想再告诉你们。不过首先你们得争取得到最后一个奖励纸环。好了,散会!"每次班会结束,他都这么说。

我真的很喜欢开班会。我们第一次开班会的时候,T老师告诉我们,班会能让每个人都有发言的机会。起初我不懂,现在我懂了。

彼得

我们终于得到班级奖励,或者说几乎得到了,其实就差那么一点点,我们还需要一个纸环。我真希望T老师能让我们去外面玩儿,所以第二天一上课我就高高地举起了手。

"怎么了,彼得?"T老师问。

"你想过带我们去外面玩儿吗?学校规定不准到雪地上去,只能去柏油路上玩儿,可是那里没什么好玩儿的,而且人又多。"大家都安静下来,因为他们知道,我的担心不是没道理的。

"好吧,彼得,你想得还挺周到,不错。我跟威廉斯校长谈过了,只要每个人都穿好雪地裤和雪地靴,戴好帽子和手套,她就特准我们去雪地上玩儿。"

"她真的同意让我们出去?"我问。

"是的。"T老师立刻答道,他试图止住我们越来越大的笑声。

"威廉斯校长真的同意我们去玩儿雪?"我又问了一遍,生怕自己听错了。

"是的,去雪地上玩儿。"T老师说,"关键在于每个人都必须带好装备,否则就不准去。"

真是让人不敢相信!那天晚上睡觉时,我满脑子想的都是雪球。

这将会是有史以来最棒的自由活动日!

杰茜卡

第七幕/第一场

班里一片欢声笑语,大家都兴奋极了。T老师刚刚把最后一个奖励纸环加上去,纸环带子终于碰到了地板。班里有像彼得、莱克茜这样的同学,每一个纸环都来之不易,但我们做到了!

"恭喜你们，你们终于完成了可以自由活动一天的目标。"T老师说，"全班大派对的一天！"

彼得简直不敢相信，其实我们大家全都不敢相信，不过只有彼得一人高兴得快要神经错乱了。他满脑子只想着一件事——到外面去玩儿雪。

"别忘了你的雪地装备，加州女孩。"他对我说。我才用不着他提醒呢，我现在所想的全是这个，倒不是因为我特别兴奋。

第七幕/第二场

我试探性地举起手，等着T老师叫我的名字。当时已经快到放学的时间，我等不及了。

"杰茜卡，你有什么问题吗？"

"是……是有个问题。"我说，"我没有雪地裤。住在加州的时候，我们都不穿雪地裤。"

顿时，就像有一支超级巨大的真空管把大家的兴奋情绪全吸走了似的，教室里变得寂静无声。彼得瞪着我，我没敢看他。这时，我看见卢克举起了手。

T老师叫了他的名字："卢克。"

"我有一条雪地裤可以借给杰茜卡穿，是我妹妹以前穿的。"

"太棒了，卢克！"彼得尖叫道，"我们得救啦！"

"卢克，多谢你了，你真好！"T老师说完，朝我看了一眼，"我相信杰茜卡会接受的。"

我只好点点头。

"太好了！"彼得还在大声欢呼，"啦啦啦，我们一定会玩儿得很开心！"

我也这么觉得，尤其是在卢克慷慨相助之后。我一直以为卢克只关心他自己。是我不对，我不应该过早地评判他。T老师坐在讲台上面带微笑，难道他早就什么都知道了吗？

卢克

27个纸环！纸环带子从天花板垂到地板，需要27个纸环。我算错了，我原先的估算是26个。当我们只挂了5个纸环的时候，T老师让我们预估最后所需的个数。大多数同学都是瞎猜的，他们随便写了数字，我不是。我拿尺子量了地板和最下面第五个纸环之间的距离。可问题是，每个纸环大小不同、长短不一，这是我无法控制的变量。我只好算出5个纸环的平均长度，然后得出26这个估值。

"好了，各位同学，"T老师说，"27个纸环。我们来看看有没有人猜对。"

他拿出那个咖啡罐,里面塞满了小纸条,纸条上分别写着每个人猜的数字。我希望自己的答案是最接近的,或许根本就没人猜对。他一一取出我们当时写的小纸条。

"21,30(thirty,'1美元单词'),50!"除我之外,大家都哈哈笑起来。"23……啊哈!"T老师兴奋地说,"有人猜对了。27!"

我失败了,真不敢相信我算错了。

"猜对的是……安娜!"

她肯定是猜的,她不可能算得出来。安娜把头抬得高高的,走到T老师面前。好吧,猜对的人至少不是彼得或者莱克茜。

"祝贺你,安娜!"T老师边说着边递给她一张"作业免写卡"。安娜一直在笑,开心极了。哼,反正我也不需要那张卡。

"安娜,你好棒!"杰茜卡说。

"等等,"T老师说,"好像还有一个人猜对了。"

"肯定是卢克。"我听见有人小声说。

"大家鼓掌。"T老师说。

"啪啪啪啪啪啪……"

"第二位猜对者是……彼得!"

不可能!我在心里呐喊。彼得趾高气扬地走到教室前面,而且十分夸张地鞠了一个躬。"谢谢,谢谢!"他咧着嘴说,"真是太荣幸了。"

T老师也给了他一张"作业免写卡"。"快回座位吧。"他说。大家都呵呵笑,除了我。彼得拿着他的"作业免写卡"在我眼前摇晃,他在我的鞋底涂胶水时那种得意的笑,我倒无所谓,但现在他这样显摆,我受不了!我觉得好热,整张脸和耳朵通红,看起来应该就像煮熟的龙虾——我能感觉到。

"我得找你算账,彼得。"我小声说。

"纸环终于碰到地板了,"T老师宣布道,"一天自由活动的时间到喽!"他说我们可以到教室外面去玩儿。太好了,但其中会不会有圈套?他该不会让我们带上铲子(shovels,"1美元单词"),去算一算需要多少铲才能把停车场的雪铲干净吧?不过他没说要带铲子,只是让我们穿雪地裤和雪地靴,戴帽子和连指手套(mittens,"1美元单词")。只要大家都按照威廉斯校长的要求去做,她就同意我们去玩儿雪!

杰茜卡却突然抛出了那句话。老天,她还真是扫兴。她没有雪地裤,这是我们意想不到的事。

那么,谁来救她呢?我,非救不可。再说,我和杰茜卡的关系还不错,她学习很认真。而且,我可不想错过这个收拾彼得的机会,我要赏他一颗雪球。

杰弗里

"这不是你的错!"杰茜卡对我说的这句话一直在我的脑海里回旋。还有一个人也对我说过同样的话,就是迈克尔。他在去世前不久说的。他的话让我很难相信,但还是让我觉得好受了一点儿。

我太需要这句话了——不管是迈克尔说的,还是杰茜卡说的,因为我很清楚,妈妈爸爸还在怪我。他们不是很爱我,否则,他们为什么那么沉默呢?他们不和我说话——几乎很少,他们互相之间也缺少沟通。爸爸重新投身工作了,妈妈在家总是闷闷不乐。自从迈克尔的葬礼办完之后,她就再也没有出过门,一天到晚都穿着睡衣。

今年的圣诞节又好难过。这是第二个没有迈克尔的圣诞节,我们连着两年都没庆祝了。不过,爸爸今年倒是买了一棵圣诞树,有一天它突然出现在我家的客厅里。我在树上挂了几个圣诞装饰品,可是妈妈就是假装看不见它。

第六章 2月

彼得

我一冲进教室,就大声招呼着:"大家都带好东西了吗?"T老师从课桌前抬起头看看我,说:"冷静,彼得。"

"大家都带好东西了吗?"我又问了一次。仍然很兴奋。

"彼得,冷静,"T老师又说,"深呼吸。"

我深吸了一口气,语气终于正常了:"大家……都带好自己的东西了吗?"

"应该吧。"T老师回答我。

"那我们走喽!出发!"

"彼得,再等一会儿。我们还得点个名,统计一下吃午餐的人数,而且,还要开晨会。"T老师还说,"要是我们现在就出去,肯定马上就弄得全身湿淋淋的,那接下来的大半天会感觉非常难受。"他说得很有道理,可是我还是很想出去!

　　整个上午，大家就在玩儿各种不同的游戏。我跟T老师、卢克、杰弗里一起玩了猜单词游戏。骰子丢出字母B，大家忙着写自己想出来的以字母B开头的单词，过一会儿，就按照顺序轮着说。"海滩上的东西"这个题目出来了。杰弗里先说，然后是卢克、T老师，最后轮到我。我俯下身子，然后说："babe①。"

　　卢克说："谁会把baby（宝宝）带到沙滩去啊？"

　　杰弗里替我回答了："是babe，不是baby。"

　　我快要笑岔气了，可是，等等——这个更好笑。我们班这位神童级人物卢克同学，只能坐在那里茫然地看着我们。然后他问："什么意思呀？"天哪，你相信吗？他居然不知道"babe"的意思！哎呀，我要乐疯了。

　　"天哪！"我说，"你住在哪个岩洞里啊？"

　　这时候T老师说话了："别急，彼得，很多姑娘并不喜欢这个称呼，因为听起来好像不太被尊重。作为男人，很重要的一点就是知道怎么尊重女性。"

　　"哦！"卢克大叫，"应该叫姑娘！"他突然开了窍。

　　T老师看着我笑了笑，又摇了摇头。

---

①babe：宝贝，指漂亮年轻的女性。

"T老师真是太棒了！"我想。

可谁能想到，这是我们最后一次跟他一起玩儿了。

卢克

彼得以为自己突然间就聪明过人了。哼，他只是运气好而已！

他上次猜中答案得到一张"免写作业卡"。这次玩儿猜单词游戏的时候，又弄得我很尴尬。

我一定要报这个仇。

杰弗里

从没想过我会跟老师玩儿游戏，哈，不过还真玩儿了。我跟T老师、卢克，还有彼得玩儿了猜单词游戏。我发现有时候我比卢克还聪明！不过卢克并不坏，就是有点儿书呆子气。他虽然很聪明，但是不会老显摆。我还蛮喜欢他这一点的。

可是彼得有时候会惹得我发毛。他老爱捣蛋，却从来不会被抓到。我知道他急着出去玩儿，所以为他准备了惊喜。彼得，等着吧！

我要是没卷入那件事就好了，我要是一直讨厌上学的话，一切也都不会发生。

彼得

终于，我们到外面了！

雪特别完美，特别适合捏成一颗颗超级雪球。去操场的路上，我抓了一把雪，捏啊捏，捏成雪球。

"不准捏雪球。"出门前T老师就叮嘱过我们。

走到角落的时候，我的口袋里已经塞满了雪球。这里太适合往下扔雪球了——我不是真的打算这么做。

我又跑到一片没人踩过的雪地里。哇，这里太棒了！正中间有一座雪山呢，我们爬了上去。

我站在雪山顶，看到莱克茜正在努力爬上来。我想："最近她还挺安静，不过，她看起来心情不太好。如果把她推到雪地里，或许能帮她提提神。"

我想都没想（至今没学会做事前先过大脑）就滑下去推了她一把。她摇摇晃晃，我笑得很大声！可是她没笑。我才不管呢，然后又向一个小一点儿的雪堆跑过去。

游戏就这样开始了。

所有人都参与进来，在两个雪堆之间来回跑。大家都是一边跑，一边撞人、摔跤。

我也不知道到底是怎么开始的，不知怎么回事，我突然被人撞倒了。在我瞪大眼睛提防莱克茜的时候，有人突然从后面袭击我。我从雪堆上摔下来，居然是脸朝地！莱克茜一看到我摔倒了，立马跑过来，正对着我的脸抛来了一个大雪球。我发怒了。互相撞倒是一回事，可是，对着别人的脸砸雪球又是另一回事……我非常生气！我刚坐起来，"砰！"又来一下，雪球又是直接砸在我的脸上！我气得直冒烟。我直起身子想看看是谁干的，"砰！"雪球又砸中了我的脸，还有一个人把我的脸按在地上。我真的生气了，一下子跳起来，掏出口袋里的雪球，使出吃奶的力气，一个一个砸出去。

杰茜卡

第八幕 / 第一场

你可以听到我们穿着又大又重的靴子在人行道上咚咚咚地走着，接着我们转了个弯，目的地到了，大家一股脑儿冲进操场。一座巨大的雪山正好立在当中。不用说，我们都向雪山飞奔过去，嚷嚷着要冲到山顶。然后我们纵身一跃，跳进齐腰深的雪里。雪白白的、一粒粒的，真好玩儿。不一会儿，男生们就开始打闹了。

彼得看准机会把莱克茜推下雪山，害她一路滑下来，四肢张开仰面倒在地上。彼得哈哈大笑着跑开了。莱克茜坐起来，看她那扭曲的脸就知道她快气疯了。突然，我有了个主意可以整彼得一把。彼得不会注意我，他的精力都用来盯防莱克茜了。他怕她报复，所以……

我把丹妮尔和安娜叫过来。"接下来我们要……"这不是一个提议，更像是吩咐她们怎么执行我这独具匠心的计划。

第八幕/第二场

我们躲在雪山后面，彼得朝我们跑来，又蹦蹦跳跳爬上山坡。他到达山顶，站在那里四处张望，这时我们偷偷溜到山坡的背面。

丹妮尔用肩膀撞了一下彼得，他摇摇晃晃失去平衡。接着，我再从另一个方向用肩膀撞击他。最后安娜从背后轻轻推了他一把。

接二连三的攻击让彼得招架不住了，他好像垂死的海鸥脸朝下地从空中飞过，尖叫着。

等他刚把头抬起来，莱克茜跑过去，把一个雪球直接砸在他脸上。这时候我和丹妮尔、安娜已经跑到另外一个雪堆那儿了，我们回头一看，彼得正准备扔雪球呢。

卢克

莱克茜把雪球直接砸到彼得的脸上，他只好坐起来，把溅到眼睛里的雪擦干净，嘟嘟囔囔的，气得拳头都攥起来了。

"我们去攻击他，卢克！"杰弗里喊。我觉得我们好像是锁定目标的狙击手（snipers，"1美元单词"）。杰弗里从小雪堆上滑下来，匆匆忙忙跑过去，把彼得的脑袋又摁进了雪地里。彼得根本来不及反应，等到他再坐起来抹脸的时候，杰弗里早就跑了。这时候轮到我进攻了！我从背面撞倒彼得，他的脑袋又被埋进雪里——埋了好久。这可是典型的逆转（reversal，"1美元单词"）。我成了大赢家，哈哈，感觉超级棒！

这可真是最了不起的反转。

我的胜利庆祝才持续了一秒钟，一切就都粉碎（shattered，"1美元单词"）了……

杰弗里

彼得活该！

我狠狠地给了他好看，卢克也是。人们都说"兵不厌诈"。彼得不是爱哭的人，不过我们大家都联合起来对付他，是有点儿过分了。他特别生气，开始扔出那颗雪球。

安娜

我希望，谁都不要受伤……

丹妮尔

我为什么要听杰茜卡的话呢？我可以拒绝她呀！我应该拒绝她！这本来该多好玩儿。彼得会把我们都推倒在雪里。他总是爱捣乱。这本来应该是特别开心的一天，怎么就变得这样糟糕了呢？

杰茜卡

第八幕／第三场

我认为，其实大家都没有恶意，都只是想逗彼得玩儿。大家突然间集中对他猛攻，所以他才会扔出那颗雪球。我们都不知道事情会发展成这样。一切都因我而起。

卢克

当时我正在朝背着彼得的方向跑，没有看到身后的情况，可是我看见了丹妮尔、安娜和杰茜卡被吓得扭曲的脸。

彼得

我完全不知道，T老师正好在那儿。

丹妮尔

T 老师站起来，正好挡住了雪球。

杰茜卡

我还记得莱克茜的尖叫声，刺耳、恐怖。

彼得

我不想伤害任何人。

卢克

T 老师应该早点儿阻止我们的，他太纵容我们了。

彼得

我真希望可以收回那个雪球。我不是故意要扔的！

安娜

希望我的老师没事。

第七章 3月

杰茜卡

第九幕／第一场

T老师昏迷好几个星期了。刚听到这个消息时，我惊呆了。

那天晚上，妈妈接到威廉斯校长的电话——她给所有家长都打了电话。妈妈挂了电话，跟我说了T老师目前的情况，我瘫坐在那里，身体没法动弹，也没法说话。这是在不到一年的时间里，第二件让我难以置信的事。第一件事是妈妈告诉我，爸爸不再爱她。

事故发生后的第二天，来了一位代课老师——我都忘记她的名字了，只记得教室里特别安静。为了不让我们空闲下来，她让我们做一些无聊的练习题，可是没有人能专心做题——连卢克都没办法。大家只是茫然地盯着本子看，或者眺望窗外——大家都心事重重,情绪也紧张得很。那天上午稍晚些的时候,威廉斯校长来到我们教室。

"孩子们,我来跟大家说明一下T老师的状况!"她站在教室前面说,"我希望你们都了解真相,不要听信流言。T老师还昏迷着,就是说……他还没有意识。"

校长还说了许多别的,可是我只记得这些。这些我都知道,可是,听她或任何人这么直白地说出来,我好像还没有心理准备。我知道,昏迷——也有可能永远醒不过来了。这太不公平了!我想寻求安慰,我想读《通往特雷比西亚的桥》[①],我想读《想念梅姨》[②],我想要书里的克莱图斯、小夏,还有欧伯来陪我……

我又听到威廉斯校长说了点儿别的。她认为这件事是个意外,谁都没有错。真的是这样吗?我们谁都不敢相信。难道校长觉得是T老师太纵容我们了?那这样的话,T老师会不会有麻烦?

希望不是这样。他承受的已经够多了。而且,是威廉斯校长同意我们出去玩雪的,她也有责任。可是,我希望谁都不要有什么麻烦,我只想T老师快快好起来!

[①]《通往特雷比西亚的桥》:国际安徒生奖得主、享有国际声誉的美国儿童文学作家凯瑟琳·佩特森的代表作,又译作《仙境之桥》。
[②]《想念梅姨》:美国当代著名儿童文学作家辛西娅·赖伦特的代表作。

卢克

我想去看看T老师。爸爸妈妈不同意，但我不听，一直缠着他们。最终他们让步了。

从电梯里出来后，望着长长的走廊，我知道T老师就躺在其中一间病房里。护士们在台子后面忙来忙去，偶尔还传来笑声。她们怎么还笑得出来呢？我的老师都昏迷了，她们怎么还笑得出来呢？我走过去的时候，她们安静下来，有些人还朝我和妈妈望了望。我们一直往里走，直到看到T老师的名字。T老师在404病房。我走到门口停了下来，深吸一口气，感觉到妈妈把手搭在我的肩膀上。嗯，进去吧。

我看见T老师了。他一动不动地躺着，手臂上插着各种各样的管子，脸上戴着氧气罩，旁边的机器嘀嘀作响。他的双眼紧闭，一丁点儿动静都没有，只有他的胸膛随着微弱的呼吸一起一伏。

我想说点儿什么，我想告诉T老师我来了，我想告诉T老师他一定会好起来。我想说好多话，却一个字也说不出来。我试过，我试过了，但感觉喉咙哽住了。

我不想哭，我跟自己说不许哭。我训练过自己怎么才能不哭，可是没忍住。眼泪涌出来沿着脸颊往下流。我转身跑出病房。

T老师快要死了，我知道。我看到了他的样子。他要死了，我的T老师就要死了。

电梯门开了，我走进去，妈妈在后面跟着我。

怎么会这样呢？他为什么要这么信任我们？他早该在我做那个糟糕的关于植物营养液实验的时候，就吸取教训。他明知道这不是一个好主意，可他还是允许我继续做。他也知道让我们在外面疯玩儿不太好，可是他还是让我们玩儿。他应该对我们大喊大叫；彼得在草地上扔飞盘的时候，他可以骂他一顿；彼得捣乱，弄得教室门口都是水的时候，他也可以骂他一顿。他应该凶一点儿，我们就知道他是认真的——那今天的这一切，可能就不会发生了。他应该阻止我们的。可是现在，他快要死了。

我们走出电梯，回到车里。车子慢慢地行驶着，我看到路边的标示牌上写着"医院"（hospital，"1美元单词"）。T老师躺在医院里。医院，又是一个"1美元单词"啊。我几乎有点儿想笑了。

杰弗里

T老师昏迷不醒。昏迷，我太熟悉昏迷了，从小就了解，很吓人。我永远都不想再回医院了，那儿有太多可怕的回忆，有太多的不幸。我也想去看T老师，可是我不能去——

我真的没办法再走进医院。卢克说，T老师的情况很不好，我知道，昏迷的人都会死。

如果昏迷的人不是迈克尔，是我就好了……

如果昏迷的人不是T老师，是我就好了……

彼得的那个雪球，砸到的是我就好了。

可是现在，T老师要死了。糟糕透了，学校糟糕透了，一切都糟透了。还是以前我什么都不在乎的时候好。

安娜

我听到卢克在跟杰弗里说他去医院看望T老师的事情——情况很糟糕，T老师还没醒，动都不能动。我也好想去看看他，可是……自己一个人去？我可不敢，那，问问杰茜卡和丹妮尔吧！

吃午饭的时候，大家都没说话。自从T老师出事后，大家都不太爱说话了。

"安娜，你怎么了？"杰茜卡问道。她很容易察觉谁有异样。

"没什么。"我边说边掰开花生酱三明治。

"告诉我们吧。"丹妮尔说。

我还是什么都没说，只专心地把三明治撕成一小块一小块，但一口也没有吃。

"快说吧。"丹妮尔催促道。

我说:"我想去看T老师!"周围一片寂静。我把三明治碎块拢到一起,我发现她们俩也没吃,都盯着食物在发呆。

终于,杰茜卡开口了:"我也想去。"

"真的吗?"丹妮尔问,"你们……不怕吗?"

"怕,"我回答,身体靠近她们俩,"那,我们一起去?你们愿意跟我一起去吗?"

"我可以。"杰茜卡一边说,一边把食物推到一边。

丹妮尔又问:"你爸妈会同意吗?"

她问的是我们俩,但我抢先回答:"没问题,我问过妈妈了,她说她送我们去。"

丹妮尔说:"好,那我试试看,我想去。"

杰茜卡接着说:"当团结在一起的时候,我们就能变得强大,记得吗?T老师说过的。"

说到"T老师"三个字的时候,她的声音忽然低下去。我们又都安静下来。我们不再谈论他了。我的心里好难过。

丹妮尔

我知道,外婆和妈妈肯定会因为我要跟安娜一起去医院看T老师而大发脾气——还是安娜的妈妈带着我们。她们肯定让我想都别想！我才不在乎。我有勇气向她们请求，因为这件事对我来说很重要。

我们都在厨房准备晚餐。我削土豆皮；外婆在削苹果皮，准备给我们做苹果派；妈妈负责其他事情。

"你们说，这雪什么时候才能停啊？"外婆问。农民喜欢谈论天气。在这么冷的大雪天吃着热乎乎又美味的苹果派，可真不错。我深深吸了一口气，说："我想去看T老师，安娜的妈妈会开车带她和杰茜卡去，我想跟她们一起去。"

外婆的语气很生硬，说："你别想跟那个女人和她的女儿一起去任何地方。我早就跟你说过了。"

"妈妈！"妈妈说，"我来处理，你照看一下锅里煮的东西，好吗？丹妮尔，你跟我来。"

"我才不高兴看着呢。"外婆噘着嘴说，将刮下来的苹果皮弄掉在地上。

妈妈拉着我走出去，我真感谢她……我爱外婆，可是她固执得像块铁！我和她根本说不通。在外婆的心里，老师要么拿戒尺打学生的手心，要么拿藤条打学生的屁股。她一点儿也不理解T老师。外婆觉得这一切都是T老师自己的错。

"在我看来，你那个老师，只能怪他自己。"有一天晚上，外婆在洗碗的时候又开始说，"他要是好好管教那些男生,特别是那个叫彼得的,那不就没事了!"听外婆这么说,我擦碗的手停了下来。外婆接着说:"那个小家伙早就欠收拾了,要是有个好老师,早把他修理好了。"我手一松,盘子掉在地上,碎了。其实我不是故意的。

妈妈不一样,妈妈理解我。我常常跟妈妈念叨T老师的事情,所以妈妈知道,T老师跟别的老师不一样。

我们肩并肩坐在床上——没有看向对方,而是看着对面的墙。墙上正巧挂着一幅T老师和全班学生合影的照片。

"你真想去看他吗?"妈妈问。

"是的。"

"他的情况可能不太好,身上插着连着机器的各种管子。他也没办法看见你,没法跟你说话。"

"我知道。卢克在学校讲过他去看T老师的情形。他说很恐怖。"

"我也不喜欢你跟安娜、安娜的妈妈一起去,但我认为你跟朋友去总比自己去好。"

"查理能送我去,接我回来!"我转身抱着妈妈说。由于动作太大,床都要弹起来了。哈哈,妈妈同意了!

安娜

去医院的时间到了,杰茜卡和她的妈妈已经在我们家了。两位妈妈在厨房里喝咖啡聊天,她们俩现在时常这样做。我跟杰茜卡坐在一旁看书,看起来像是在看书,实际上就连杰茜卡也没法静下心来。

一看到一辆卡车开进我们家覆盖着白雪的车道,我就大声喊:"丹妮尔来啦!"妈妈也走到门廊,跟我一起迎接丹妮尔。

"天哪!还是这辆老卡车!"我听见妈妈在自言自语,她都没发现我盯着她看呢,"还是那辆红色的农场老货车。"她认识这辆车?这是怎么回事?

丹妮尔才走上台阶,我就和她打招呼了:"嘿!丹妮尔!这是我的妈妈,特丽。"

"你好呀,丹妮尔,"妈妈说,"快进屋吧,冻坏了吧!"

丹妮尔在门口踏脚垫上跺了跺脚,把鞋子上的雪都抖掉。我帮她脱了外套,挂在衣架上。

"终于见到你了,丹妮尔,安娜在家老是跟我说起你呢!"妈妈说完,还和丹妮尔握了握手。

"阿姨,我也很高兴见到您,谢谢您让我跟你们一起去。"丹妮尔回答。

"大家一起去多好啊,我也很高兴。你可以直接叫我特丽。"妈妈说。

我带丹妮尔进屋,等我回头看的时候,发现妈妈正盯着门外看，看了几秒才回过头来。她对我笑了笑说："你先带丹妮尔快速参观一下家里吧，过一会儿咱们就出发！"

我问："妈妈，你刚才在看什么呀？"

"没什么。"

"那是我的哥哥查理，是他送我来的。"丹妮尔说。

"我不知道你还有个哥哥！"我说。

"是呀，他29岁了，比我大好多。他跟我爸爸、外公一起在农场工作。"

我看了看妈妈，她也29岁。

"他去哪儿都开着这辆红色福特车。"丹妮尔又说。

"是呀，一直都是，驾驶座那边车门上的凹痕还在吗？"

"还在……"

什么？我吃惊得下巴都要掉下来了。这是什么情况？妈妈怎么知道得这么清楚？为什么丹妮尔一点儿也不像我一样惊讶？我看了看妈妈，还没来得及说出一个字（反正也不知道该说什么），妈妈就又提醒我："快带丹妮尔参观一下呀，安娜。"

丹妮尔

"你真年轻——跟查理一样大。"我想对安娜妈妈这样说，可是又觉得不太礼貌。所以她盯着门外看查理的时候，我什么都没说。我知道,安娜又在心里盘算着当红娘了,不过我还是什么也没说。我们家肯定不会同意安娜的妈妈跟查理在一起的,永远不可能。

我还看到杰茜卡的妈妈了,她很亲切。"你叫我朱莉或魏特曼女士都行,只要你喜欢。"她说。

安娜家的房子装修得蛮简单的,不过很漂亮。我想,就两个人住,也不用太大吧……我特别喜欢她们家挂在墙上的画。我仔细看了其中一幅素描,其落款写的是特丽——安娜的妈妈是画家?我低头看了看我手里的画着T老师的素描,那是我从自己房间墙上拿下来的,我想带给T老师。安娜的妈妈发现我在看她的作品,也发现了我拿的画。

"这是你画的吗?安娜跟我说过,你画画特别好。"

我把画递给她看,没吭声。

"嗯,安娜说得没错,你画得是很好呀!"

"谢谢阿姨。"我说。

"你的阴影部分和纹理部分处理得都很好。"她指着我那幅素描中不同的区块说。

"我不太懂您的话……可是还是谢谢您,阿姨。"

"你下次来的时候,我很乐意和你一起画。如果你愿意听,我可以给你讲一讲。"

她竟然说"下次来的时候"!

安娜、杰茜卡和她的妈妈也走过来了。安娜说:"我说得没错吧?丹妮尔的素描很了不起。"

安娜的妈妈笑着看着我们。

"丹妮尔,过来。我给你看我妈妈其他的作品,也请你看看我的房间。"

我先给安娜的妈妈一个微笑,然后就跟着安娜走了。我看不出安娜家有什么"会带坏"我的影响。我好喜欢她们家呀!我也很喜欢住在这里的两个人!不过我也知道,要说服外婆可没那么简单。

参观完安娜的房间之后,我们就准备出发了。我们三个小伙伴坐在车后座,杰茜卡拿着她的书,安娜捧着她的植物,我拿着我的素描,大家都没说话。我凝视着窗户外面一个个雪堆,努力不去想那天的事情。可是,我怎么可能不去想呢?这些日子,每次看到雪,我都会想起那件事。

杰茜卡

第九幕/第二场

主人公:杰茜卡,我
朱莉,我的妈妈
丹妮尔,我的朋友
安娜,我的朋友

特丽，安娜的妈妈

【开拍】

电梯门打开，我们走进这幢白色的大楼。

我在脑海里回想起开学第一天的情形，那时的我就跟现在一样，心脏扑通、扑通跳个不停。走廊里弥漫着消毒水的味道，还有酒精味儿和碘酒味儿。不一样的是，这里没有暑假结束后新学期开学孩子们叽叽喳喳的吵闹声，而是那些恐怖的机器发出的嘀嘀声，叫个不停。这比开学第一天的情形可怕多了。我吞了吞口水。

我坐立不安，一个劲摆弄着手里的书——《卡彭老大帮我洗衬衫》①。开学第一天，T老师就跟我讲过，他也喜欢皆大欢喜的结局，所以我带了这本书给他。我知道他还不能看书，可我还是想送给他。而且，手里拿点儿东西，我就不会那么紧张了。

还好他的病房离得不算远，要不然我真没勇气走过去，但我做到了。丹妮尔和安娜也是，我们互相支持。

我们在他的病房门前停下来，门上有用黑色记号笔写的"T"。我用手指擦了擦，字迹依然清晰，没有被抹掉。我看了看丹妮尔和安娜，我们三个人都很害怕。我的妈妈

---

① 《卡彭老大帮我洗衬衫》：美国儿童和青少年畅销书作家珍妮弗·乔尔登科的经典作品，获得2005年纽伯瑞儿童文学奖银奖。

和安娜的妈妈站在我们身后支持我们,但她们让我们自己完成这件事。我回头望了望她们。

"我们在呢。"妈妈说。

"我们也一起进去。"安娜的妈妈补充说。

我深吸一口气,准备面对即将看到的一切。

安娜

"你还好吗,安娜?"妈妈问。

我摇了摇头,病房外的走廊看起来那么可怕又漫长。到处传来嘀嘀声、咳嗽声和呻吟声。妈妈搂住我的肩,对我说:"我在这里。"

"你怎么知道丹妮尔哥哥的卡车门上有凹痕?"我悄悄地问妈妈,没能忍住好奇心。

"我晚点儿跟你说……"

"你认识他?"

"嗯,我认识查理,不过我不知道他还有个妹妹。"

我们停下来,T老师病房的门开了条缝,可是又看不见里面。忽然,我一点儿都不关心妈妈和丹妮尔哥哥的事情了。T老师怎么样了?我好担心。丹妮尔、杰茜卡和我互相望了一眼,尽我们最大努力做好面对一切的心理准备。

第七章 3月   115

丹妮尔

没有回头路了。

我本来想留在车里或者在医院大厅里等她们……可是，朋友们都这么勇敢，我要跟她们一起去。

"嘀嘀嘀……""咳咳咳……""呜呜呜……"各种声音不断。医院里的这些声音让我很紧张，我的肩膀耸得都要夹到耳朵了。一位老奶奶坐在走廊里，在轮椅上又是哆嗦又是流口水。

当我听见她说"要是你们把我送到那些流口水的古怪老头儿那里，不如先直接把我埋了吧……"时，我心里还有一点儿想笑呢，不过也就那一瞬间。

我们停下脚步。病房门上的标志上写着"T"。门半开着，可是看不到里面的情形。这可能是一件好事，如果看到T老师，我会不会直接跑回车里去？我们三个人默默点了点头，嗯，准备好了！至少我们认为准备好了。

杰茜卡

第九幕／第三场

【开场】

T老师病房的门半掩着，我轻轻地推开门走进去。里面还有一个人！不是病友，是来看他的人——莱克茜！

我停下脚步，丹妮尔和安娜也看见她了，都停下了脚步。莱克茜背对着我们坐在T老师床边，没发觉有人进来，她在跟T老师说话：

"老师，我一直努力试着变乖。我保持安静不说话，别的我不知道还能做什么。我再没有刻薄地对待别人，你一定很高兴吧，老师？我按照你说的做了，老师。可是，我还是需要你的帮助啊，我需要你回来，大家都特别需要你回来……"

这时候我已经站在莱克茜身边，但她仍然没有察觉。她把脸埋到T老师床上，轻声哭起来。T老师安静地躺在病床上，各种各样的管子在他身上穿进穿出，旁边有个大机器，显示屏上闪着绿色的数字和线条，发出"嘀嘀嘀"的响声。我感觉他在告诉我该怎么做。

我伸出手，放在莱克茜的背上。她抬起头，满眼泪水地看着我，我也开始哭。莱克茜站起来，然后我们拥抱在一起——一个大大的拥抱。

"对不起……我没去过加州……妈妈去年就把爸爸赶出家门，他没有生病……"莱克茜在我肩上啜泣，抱紧我说。

我也紧紧拥住她说："我的爸爸也不在……他跟他的女朋友留在加州。"我说不下去了……

所有道歉都在拥抱里，丹妮尔和安娜也分别和莱克茜抱了抱。我们一个个都泪眼婆娑，我的妈妈和安娜的妈妈也是。

我们坐在T老师床边的椅子上，什么也没说。我把书放在他床边的架子上，安娜把小盆景摆在窗台上，丹妮尔把素描钉到墙上。然后我们又盯着T老师，各自想自己的心事。他还是双眼紧闭一动不动地躺着。

可是，不知怎的，我感觉好多了。尽管T老师仍在昏迷之中，但他还有能量传给我们。好强的能量！我觉得自己变轻了，好像能飘起来。过去的都过去了，向前走吧。

要走的时候，我摸了摸T老师的手，轻声说："谢谢！"然后，我就和三个朋友一起走出病房。

莱克茜

我不可能一直躲着是吧，那个，听卢克说他已经去看过老师后，我更坐不住了。

我没有爸爸带我过去，妈妈这周每天都得在餐馆里做事，从中午忙到餐厅打烊。不过这样也好，家里没人追着我说"你要去哪儿啊""哪儿也不许去"！可是不管怎样，我心里还是有点儿害怕。

不过我想好了，哪天放了学，我自己骑自行车去。我听卢克讲过了，知道T老师在哪间病房。到医院后，我直奔电梯，到了那个楼层。

"需要我帮你什么吗？"护士姐姐问。

我没看她，只是摇了摇头，继续走着，直到找到T老师的病房为止。我走了进去。

一进门，我被惊得本能地捂住了嘴。我知道T老师不能动，可是，我没有想到他身上会插那么多根管子！我呆呆地站了好一会儿。渐渐地，我才鼓起勇气踮起脚尖悄悄移到他床边。

"嘿，T老师，我是莱克茜。"我的眼泪已经快要流出来了，"对不起……对不起……我不该对你那么无礼。你说的那些话，让我很想恨你，可是，我知道，你批评得都对，T老师！"

我在T老师床边坐下来，两手攥住盖在他身上的毯子，眼泪大颗大颗地掉下来，大得像雨滴一样，而且没完没了地涌出眼眶，止也止不住。以前爸爸妈妈打架的时候，我也这样哭过。哭了好一会儿，我才用袖子擦了擦眼泪。老师好像在睡觉似的，他真的要死了吗？

"那个，我现在表现可好了，T老师，我对同学们也挺好的，我这样做你一定很高兴吧？"

我又使劲攥了攥毯子，咬紧牙关不让眼泪再掉下来。

"T老师,我还得跟你说件事,我好像看见彼得刚离开这里,不过不是很确定。T老师,是彼得扔的那个雪球。我知道他不是故意的,他也不想这样,他爱你,我们大家都爱你……"我用袖子擦了擦眼泪,哭得更凶了,边哭边说,"彼得……他在学校里一句话也不说,不跟任何人说话,一个字都不说。不过大家也都不想跟他说话。他虽然不是故意的,可是就是他扔出去的雪球,所以就是他的错……"我也为彼得感到难过,这一切都这么糟糕,好难受。

我又把脸埋到了毯子里,忽然感觉有人在轻轻拍我的背,抬头一看,是杰茜卡,还有丹妮尔和安娜。我跟她们都抱了抱,真心地对她们说了对不起。以前的事都过去了,我一下子有了三个朋友。

T老师帮助了我,虽然他还在昏迷中。我好想念他。他一定要醒过来啊!我的心情好复杂,感到如此开心,又如此悲伤。

安娜

丹妮尔的单身哥哥查理今年29岁,他先送丹妮尔来我们家,后来又来接丹妮尔。不过他两次都没有下车,一直待在他那辆红色的卡车里,也没有来我们家门口,因为不需要——丹妮尔早已经跑出去等着了。下次,下次我一定不让丹妮尔先出去，这样查理就得按我们家的门铃了。

"阿姨，谢谢您今晚带我一起去医院。"丹妮尔对妈妈说。

"丹妮尔，不用客气！欢迎你随时到我们家玩儿。如果咱们能一起画画可就太好了！"

丹妮尔听后笑了笑。

"明天见！"我对丹妮尔说，抱了抱她。

"谢谢。"她在我耳边悄悄说。

我们看着她走向那辆车门有个凹痕的红色卡车。那漫长的一分钟我一直屏着呼吸，抱着希望，然后我得到了奖励。哎呀！查理终于转过头了，对我们笑了笑，还友好地挥了挥手呢！妈妈也高兴地挥手回应。

回到房间，我突然觉得好累，妈妈进来坐在我旁边。

"这个下午很不寻常，是不是？"妈妈说。

"是呀，可怜的莱克茜也没有爸爸……"

"每个人都有苦衷，安娜。"

我躺在床上，枕着枕头。妈妈也在我身边躺下来。

"T老师会好起来的，对不对？"我问。

"亲爱的，我也不能保证……但愿如此！"妈妈伸出胳膊抱住我。我开始哭起来。

"是我的错吗，妈妈？"我问。

妈妈坐起来："你有什么错？"

"T老师躺在那儿,一动不动……"

"安娜,这,这怎么可能是你的错呢?"妈妈的口吻听起来好像特别震惊。

"因为我跟别的同学一起欺负彼得,才气得他把那个雪球砸出去的。"

"安娜,你听我说,"妈妈的语气听起来像是很生气,"看着我,不是你扔的雪球,也不是你逼彼得扔的雪球,我不知道到底是谁的错,但我能肯定,这绝对不是你的错。你听明白了吗?"

"嗯……我就是希望T老师快点儿好起来……"

"我知道,宝贝,我也是。"

我从来没有想过会有勇气问出接下来的话,可是看望T老师回来后,我忽然有种特别强烈的感觉——我一定要问出来:"你有没有因为好多年前发生的事怪过我?"

"怪你?"

"因为有了我,你才被大家排斥……"

"哦,安娜,求求你,你是在跟我开玩笑吗?"

我没吭声。

"安娜!"妈妈捧起我的脸,温柔地说,"有你是我的幸运,知道吗?只要有你,我所经历的一切痛苦都不是痛苦。我从来没有怪过你,我将来也不会怪你。你是我的一切。

我还一直担心你会怪我,只能给你这样不完整的家庭……"妈妈的一滴眼泪掉到了我的脸上。

"你是天底下最好的妈妈!我爱你!"

"我也爱你。"妈妈抱了抱我,还亲了亲我脸颊,又躺到我身边。

我还想问问查理的事情呢,可是我太累了,不一会儿就睡着了……

丹妮尔

我很高兴去见了T老师。这并不容易,但如果一个人去的话会更加困难。莱克茜居然敢自己一个人去医院看望T老师!好厉害!我们现在又是朋友了,真好。我想她以后再也不会那么刻薄了吧,T老师已经帮她改掉这个坏毛病了。你看,T老师都昏迷了,还在帮我们。

以前我从来不知道杰茜卡爸爸的事,她看起来那么完美——我以为她的家庭也特别完美呢。我以前以为莱克茜是个幸运儿,或许我才是最幸运的吧!虽然多长了点儿肉……不过我们有T老师,是我们大家的幸运!

为什么,为什么T老师会变成这样?每个晚上,我都在祈祷,祈祷得到答案。

T老师一直在帮我们,帮我去了安娜家。我还想再去一次，她的妈妈特别好。我发现，查理总是喜欢看着安娜的妈妈。我还是什么都别说吧——查理的事，我想去安娜家的事，都先别说，还没到时候呢。

到家以后，我一进厨房，外婆就急忙问："那个女人做了什么疯狂的事或说了什么疯话吗？"

"她没怎么样吧？"妈妈问得委婉一些。

"她看着挺好的。"查理说。他进来救我，马上又出去了。

"她很亲切，我很喜欢她。我们可以一起为T老师祈祷吗？"

"当然可以，亲爱的。"妈妈说。

我知道外婆听了不太高兴，不过她也没再说什么。

第二天到了学校，杰弗里不仅问了很多关于我们去医院探病的问题，而且一直在向卢克求证。

"他身上插了多少根管子？给他注射的是什么药？给他输血了吗？心率是多少？"

"好了，杰弗里！"我说，"我们都不知道！而且你这样让我很烦！"

"对不起……"

"你可以自己去看看啊！"

我看见他和杰茜卡相互看了看——他们一定有什么我不知道的秘密！

"对不起。"他又说了一遍,然后就走了。

晚上,我开始写日记:"最近大家都不太好。我在努力,可是事情不会那么容易就变好的。关于T老师,我看见他的时候,他的情况很不好。我们大家都特别想要他回来,他是我们遇到过的最好的老师,而且,他在这里还有好多事情没做完呢!

"还有杰弗里,我看到他看杰茜卡的眼神了,他一定有什么事。我还担心杰茜卡、莱克茜、安娜——她们都没有爸爸……这也是我们都需要T老师回来的另一个原因。

"最后,我还想去安娜家。我一直在想,T老师受伤这件事到底怪谁?怪彼得?因为是他扔的雪球。可是看过T老师后,我在想是不是我的错?是我提议要出去玩儿的,我还帮着把彼得推倒了,所以我也有责任。请原谅我吧!"

卢克

没想到,第二次去看T老师,我还是这么难受。我应该有心理准备的,可是还是没想到……

再次看到T老师躺在那张床上,我并没有好过一点儿。我以为他会好些,我以为他的病情会有好转。但他还是躺在那张床上,怎么还是一动不动呢?怎么还是被原来那些管子缠着呢?怎么还是一样的嘀嘀声呢?走廊里传来的声响也都还是一样的。什么都和原来一样。

喉咙里像有块东西，我忍不住哽咽了。站在他床边，我感到好无助。

医生走进来。还好，我还能分辨出他是医生。他头发花白，穿着白大褂，看起来很有经验。他对我们点了点头，然后走到T老师身边，查看了一下仪器上的数字，看了看正在挂着的点滴，撑开T老师的眼皮，拿着小手电筒检查了瞳孔。然后，他就准备走了。

"等等！"我连忙说，"请问您是T老师的主治医生吗？"

"对，我是威尔金斯医生。"

"T老师会好起来吗？"

他做了一个深呼吸，看看我的妈妈，又看着我，说："我也不知道，孩子。"

"他怎么了？他一直昏迷是怎么回事呢？"

威尔金斯医生拉来两张椅子让我们坐下，他坐在我们对面。

"T先生从小就练摔跤，上了大学还在练。可是后来因为他遭受多次脑震荡，只好放弃了。多次脑震荡使他大脑中某些区域比较脆弱。那个雪球正好砸在其中一个脆弱的部位——也就是颞。确切地说，这里的颅骨破裂了。"

威尔金斯医生看起来也很惋惜的样子。不管他有没有准备好回答问题,反正我开始提问了。

"也就是说,如果T老师没有遭受多次脑震荡,现在他就不会昏迷,是吗?"

"我不能说肯定,但是很可能是这样。"

"那您现在打算怎么办?就这么等着吗?"

威尔金斯医生又深深吸了一口气。我知道,这个深呼吸意味着更多坏消息或是他有不想说的事情。他看了看妈妈,妈妈点了点头,请他解释清楚。我不要听漂亮的谎言,我要知道事实。

"T先生的脑部在出血,而且这些血还聚积了起来。我们希望能把血止住,可是目前看来还没有。他需要接受脑部手术,我们才能把流血的血管夹住。"

"然后他就能好了?"

"如果手术成功的话——是的。"

我清楚地听到了"如果"这个词。"如果……如果没成功呢?"

"脑部手术的风险非常大,如果失败,病人有可能就醒不过来了。"

"就是说——死?"我问。妈妈抱住我。

"你叫什么名字,孩子?"

"卢克。"

"好的，卢克。你的老师有可能在手术中没坚持下来，也有可能手术后就不行了，但是，我一定会尽力挽救他。"

我站起来走到T老师床边，看着他。

威尔金斯医生也站起来，走到我身边。"他是个很特别的老师，是不是？"医生问。

我只能点点头。我说不出话来，现在的我只要一开口，一定会哇哇大哭。

"我一定会尽力的，卢克。我只能承诺这么多了。"他拍了拍我的肩膀，离开了病房。

脑部手术，T老师有可能永远也醒不过来。

我冲出病房，大声问道："威尔金斯医生！请等一等！我们班还有别人知道您刚才告诉我的事吗？"

威尔金斯医生转身走回来，说："一开始我们也不知道他有过多次脑震荡，后来你们的一个老师，纽伯里老师，来跟我们说了T先生的情况。我估计T先生之前跟她提过过去摔跤的事吧。还好有她，因为我们都找不到其他知道他情况的人。"

我安静地站在那儿。没有别的联系人……T老师没有一个亲人。

"哦，先回答你的问题，你们班上还有个男孩知道我刚才跟你说的这些。"

"谁？"

"他叫……彼得吧，好像。"

彼得？！我都不知道他来过！

威尔金斯医生正要走，我赶紧问："他知道脑震荡的事，还是T老师要做脑部手术的事？"

"只知道T老师要做脑部手术的事，怎么了？"

"因为……是彼得扔的雪球。"

第八章 4月

杰茜卡

第十幕 / 第一场

威廉斯校长亲自承担起作为我们班班主任的责任。她知道我们班已经乱作一团，知道我们的感受——尽管才五年级，但我们已经真切地体会到了这种乱糟糟的感觉。我佩服威廉斯校长的勇敢，但这也改变不了什么。T老师还是一动不动地躺在白色的病床上，躺在嘀嘀声中。教室里也一样，了无生机。我真的好想T老师快点儿回来！

事出必有因，我跟杰弗里说。这话我自己信吗？有时候信吧！爸爸为什么离开我们？我想破脑袋也想不出来。T老师又为什么变成这样？我也不知道。我认为每个人的原因都不同，也许有些根本就没有原因。比如对莱克茜来说，我看到了其中的原因——没有这件事，她不可能再成为我们的朋友。没有这件事，我敢打赌丹妮尔也肯定不可能去安娜家。可是，像卢克，还有杰弗里呢？实在看不出这件事的发生对他们而言是为了什么，也看不出对我而言又是为什么。

卢克

教室里总是弥漫着无人能打破（unbroken，"1美元单词"）的寂静。我也沉默着，一直忍着不透露T老师要做脑部手术的消息。彼得知道手术的事，可是他不知道细节。自事故发生之后，他一直陷在自责当中。他应该自责，谁让他扔那个雪球呢？唉，如果当时被砸到的不是T老师，而是别人，我想我们也不会经历这样的悲剧。

彼得知道这些细节就好了，虽然知道了也不会让情况变得好起来，至少他心里可以好受一点儿。

可是我又不想说。班里没人跟他说话，不过那不是我不想和他说话的原因。我不想知道他为什么要扔那颗雪球。

丹妮尔

春天到了。

从教堂回来后，我跟外婆坐在门口，她喝咖啡（黑咖啡，因为她很坚强），我喝冰茶（没有放糖，因为我希望像她一样坚强)。和外婆待在一起，我感觉蛮舒服的。

"没什么地方的春天比得上我们这里啊，丹妮尔，艰苦的冬天是让人学会感恩的季节。"

我知道她在说什么。雪化了，小鸟儿回来了，歌唱着赞美春天。小花儿也出来了，冒出花蕾。农场里的小动物也变得特别活泼。这是欢乐的季节啊！

可是我一点儿也高兴不起来，外婆看出来了。

外婆说："我敢说那些没有经历过寒冬的人，也不会知道春天是什么样的。真可惜！"

外婆说得是。可是，今年的春天格外不同。T老师还在医院躺着，这件事让我怎么都轻松不起来。我好像还在冬眠似的。

"丹妮尔，我们来祈祷吧！"

我低头闭上眼睛，以为外婆又要感谢这美好的天气，这春天的礼物。这也挺好，但她却给了我意外的惊喜。

我听到外婆低声祈祷："我渐渐知道T先生是很好的人。我的外孙女，还有她的同学们都被他感动了呢，他真的很特别吧。我希望他能好起来！"

外婆终于懂得我的感受了！她的祈祷让我的心情好了点儿。外婆从来都是站在我这边的，这让我感觉很好。

"外婆，谢谢，我爱您。"

"我也爱你呀,小宝贝。我会一直为T先生祈祷的。"

我仍然处于冬眠似的昏睡状态,但是后来我被惊醒了。不是因为T老师有令人鼓舞的消息,而是因为安娜带来的令人震惊的消息。

安娜

我坐在秋千上来回摆动双腿。我需要不停地动,两只脚才不会碰到地上的水坑。丹妮尔、杰茜卡和莱克茜也坐在秋千上,丹妮尔就在我旁边。课间能到外面玩儿真好,现在雪已经融化了。

"昨天放学回家的时候,查理在我家呢!"丹妮尔一听我说,就停了下来,"妈妈说他们就是喝了点儿咖啡,聊了会儿天。"

丹妮尔又开始慢慢晃动,没说什么。

"要是……查理和我的妈妈结婚,那我们会变成什么?"我继续问着,"亲戚?"

丹妮尔跳下秋千,转身对着我,直视着我的眼睛。我的秋千慢了下来。怎么了?我哪儿说错了吗?

"安娜,查理不可能和你妈妈结婚的。"丹妮尔说,"我们家不会接受她的。"

我也停了下来,杰茜卡和莱克茜也是。我不解地问:

"为……为什么?"

"我们家……"丹妮尔低下头,小声地说,"我们家的人不喜欢她……"

我全身软弱无力。"可是……我的妈妈是个很好的人……"我说。

"我知道……"丹妮尔说,她踢了踢脚下的土,"可是,没这么简单,要不是T老师出事,我家人不会同意我去你家。"

我这才知道,就算过了这么久,妈妈还是会因为很久以前发生的事被人排斥。

T老师受伤我也有责任,我这辈子都要为此付出代价。

杰茜卡

第十幕/第二场

安娜、丹妮尔和我一起荡秋千的时候,我又发现了一个T老师发生意外的理由——这个理由比让丹妮尔去安娜家更重大。这仅仅是个开始,就像T老师帮助莱克茜和我们和好一样,我不得不怀疑T老师的意外能帮丹妮尔的家人重新接受安娜和她妈妈。

我希望是这样。

杰弗里

一天接着一天过，每天都一样无聊，都一样糟糕——日子回归正常。大家脑袋里想的都是同样的事，却从来都不谈它——全班没有聚在一起公开讨论，只有一小撮一小撮的同学各自聚在一起小声私语。我从来不参加，不想被他们勾起太多可怕的回忆。

接着，发生的一件事打破了沉默。

杰茜卡

第十幕/第三场

凯尔茜老师进场。

"我今天来跟大家分享一个好消息！"她笑着说。她怎么还能这么笑呢？她还不知道T老师的事情吗？

"詹姆斯要离开我们学校了！"

又一个令人难过的消息，我想。好极了。

"对詹姆斯来说真是太好了！他在学校里表现杰出，所以有机会去读他家所在的那个镇上的学校，进到跟你们一样的普通班。"

我们还是没有作声。我知道，我们应该为他感到高兴。可是，怎么高兴得起来呢？或许大家都跟我一样吧。

凯尔茜老师看起来一副茫然的样子，她不知道是怎么回事，还好威廉斯校长冲她点了点头。

"'爱心小班'的同学想邀请你们参加詹姆斯的欢送会，"凯尔茜老师继续说道，"你们经常邀请我们参加活动，又为我们做了那么多，所以该轮到我们请你们啦！再说，詹姆斯很喜欢你们，你们对他来说很有意义。就是因为你们，他才进步得那么快，而且坚持了下来。"

因为我们，詹姆斯才进步这么大，我觉得心里好过一些了，但接着又想到如果没有T老师，我们谁会去做这些事呢？

没有T老师，我们怎么高兴得起来？

杰弗里

凯尔茜老师说有好消息告诉我们，我还一下子兴奋起来。"詹姆斯要走了。"

这怎么是好消息？！我喜欢的人最终都要离我而去吗？

卢克

我们下楼去"爱心小班"参加欢送会。我想为詹姆斯感到高兴，可是好难。

可怕/令人担忧的消息（T老师）+开心的派对（詹姆斯）≠开心的卢克

侵入新环境的物种因为没有天敌，就会繁殖得极快，吸取所有养分，不留给原生物种任何资源。原生物种遭受苦难，最后死亡。

到了"爱心小班"，我担心我们班也会像入侵的物种一样，我们的死气沉沉会把他们的欢乐全部挤走。幸运的是，我们的"天敌"在场。

灯忽然全部打开。"惊喜！"詹姆斯走进来时，我们一起大喊。他满脸笑容，我也不由自主地笑了。然后事情就发生了。

詹姆斯走到彼得身边，给了他一个大大的拥抱——这个拥抱粉碎了他的防备。每个人都盯着他们看。这是那件事情发生后，我们第一次正眼看彼得。大家好像都约好了似的，当他是隐形人，但现在我们看到了他。

詹姆斯终于松手，后退了几步，看着彼得的眼睛，大声喊："彼得！不是你的错！不是你的错！彼得！"他的声音更大了，"是意外！意外！"

教室里静得什么声音都没有，所有人都屏住了呼吸。彼得开始轻轻地啜泣，不一会儿就失控得号啕大哭，身体都跟着颤抖。

我再也不能做一个沉默的旁观者了。我走上前说："彼得，詹姆斯说得对，不全是你的错。"

我把医生告诉我的话全部说了出来：T老师以前曾有过多次脑震荡，现在脑部出血，他要做希望渺茫的脑部手术。

"而且，"我说，"彼得当时扔出那颗雪球——是因为我。"

我也开始哭了。承担责任也会让人想哭。我也走过去，拥抱了彼得，这个曾在我的鞋底上涂了强力胶的"仇人"。

所有同学都哭着抱了抱我们。

谢谢你，詹姆斯。

莱克茜

那个……想想第一次T老师让我们去"爱心小班"的时候，彼得还说他们"智力有障碍"，不觉得好奇怪吗？而现在，其中一个人却救了彼得。我们很幸运，有人如此善良。

就像杰茜卡、安娜，还有丹妮尔，以前我对她们都很刻薄，可现在我们已经是朋友了。有她们做朋友，我真幸运，要不然我会很孤单。

我知道彼得也很孤单。出事之后，我们没一个人看他，跟他说话，直到詹姆斯说了那些话。他被孤立了好久，好可怜，我也抱了抱他。

这种对别人友好的感觉很棒，跟以前的我比起来，我还是喜欢现在的我多一点儿。T老师，快快醒过来，看看我的变化呀！

杰弗里

"事出必有因。"杰茜卡曾经这样告诉我。

我不恨彼得。他每次搞恶作剧，我虽然没笑，但其实心里早就乐开了花。他只是喜欢玩儿而已，不过那天在雪地里，他玩儿得有些过头，造成了不幸的意外。这不全是他的错。这是詹姆斯告诉我们的。詹姆斯比我们这些"聪明"的孩子更有勇气，也更善良。

我不知道仅仅是詹姆斯的话是否就足够了，最终是卢克救了我。他不只是救了彼得，也救了我们所有人。我们需要谈一谈。多亏了詹姆斯和卢克，我们开始谈了。

事出必有因。我找不到所有的原因。我们在"爱心小班"上所做的一切就是发生这么多事的原因吗？为什么非得是彼得？为什么昏迷不醒的非得是我们的T老师？是为了要告诉我生活有时是不公平的吗？但这一点我很久以前就从迈克尔那里学到了。

总有一天会长大

安娜

事情好像慢慢有些起色了。有关于詹姆斯的好消息，莱克茜也变好了，彼得又成了我们班的一员。但在听到T老师即将接受脑部手术的时候，我们实在很难保持乐观。当我长时间想手术的事时，我就会感到害怕，但我却一直在想这件事——我的妈妈也是。

上次丹妮尔的话让我好伤心，可是我不怪她，反而有点儿同情她。因为我知道她很想跟我做好朋友，可是她的家人都不同意，她一定挺难过的。我那天一回家就把这件事跟妈妈说了。

"妈妈……丹妮尔说她家人都不喜欢你，不会同意你跟查理结婚的……"

"哦！等等，安娜。"妈妈说，"首先，我跟查理没有打算结婚；其次，我知道他们家的人不喜欢我。"

我吃惊得下巴都快要掉下来了。

"坐下来听我说，宝贝。"我和妈妈面对面坐在厨房餐桌前。我进家门的时候，她正在查看邮件，喝着咖啡。

妈妈又说："我跟查理以前是同学，后来我怀了你，他就跟别人一样对我很不友善。有一天他惹得我特别生气，所以我一脚踹了他的车门，于是那儿才有了凹痕。"

妈妈说起这段回忆时,我看得出她再一次感受到那种痛苦。"他这次来,其实是来道歉的。"妈妈说。

"可是,如果他们家的人都不喜欢你的话,为什么查理要道歉呢?"

"丹妮尔的爸爸妈妈和外公外婆跟我爸妈一样,是非常传统的人。那时候他们没法接受我的做法,现在还是不能。"

我忽然想到妈妈的爸妈,我从来没见过他们,他们怎么就不肯原谅妈妈呢?丹妮尔的爸妈也这样吗?

"查理十几岁的时候只是人云亦云,别人怎么对我他也就怎么对我。可是现在,他有了自己的判断力,能够自主做决定,这是件好事。"妈妈又说。

所以我还得谢谢T老师,要不是他发生意外,丹妮尔就不可能来我们家。谢谢,T老师,可是您也不用为了帮我跟丹妮尔成为好朋友就伤成这样呀。别误会——我特别感激您——可是我也特别希望您快点儿回来。您一定会好起来的。要乐观,这是您教我的。

"或许,丹妮尔和查理能改变他们家人的看法呢。我们要乐观,这是T老师教我的!"我对妈妈说。

丹妮尔

大家联合起来挤对你——这种感觉我太了解了。就因为我块头大，所以吃尽了苦头，这感觉真是糟透了。我没想过这么对别人，但我做了，而且自己都没有意识到。

彼得一定觉得全世界的人都讨厌他。可是事情发生的时候，我却不知道。直到今天，詹姆斯对彼得说了那些话后，我才发现自己的错误。

自私让我选择视而不见，只顾着想自己有多难过。并不是说如果我早一点儿意识到的话，我会有不同的做法。我很高兴情况变了，我们大家都变了。

卢克告诉我们T老师要做脑部手术时，所有女生都哭了，男生并没有因此取笑我们——不像以前那样。卢克继续跟我们说了T老师过去摔跤和有过脑震荡的事，又说这不完全是彼得的错。这是一场意外，一场纯粹的意外，我们很多人都有责任。卢克说彼得是因为他才扔雪球的，但那天惹彼得生气的不止他一个人。我们其他人开始后悔。

在詹姆斯的派对上，我拥抱了每个人。我为许多人感到难过，尤其是彼得。尽管我们都告诉他这不是他的错，但我猜他还是觉得是他的错。

我也为安娜感到难过，希望她不要生我的气，希望我们还是好朋友。

查理到底有什么目的？我得问问他。

一早上学前，我在牛棚里找到查理，他正坐在一头奶牛旁边准备挤奶呢。"早上好，我的阳光小美女！"查理微笑着说，"什么风把你吹来了？"

"你为什么去看安娜的妈妈？"

"跟一个优秀的女人一起喝杯咖啡啊，"他说，"顺便为小时候在学校对待她的态度向她道个歉。"

查理用挤奶器为奶牛挤奶。"真是个好姑娘！"他拍拍奶牛说，然后走到下一头奶牛身边，蹲下，同样的过程再来一遍。

"你觉得，安娜和她的妈妈会带坏我吗？"我问。

"当然不会！不过，我觉得，你就别费劲想着在这件事上改变外婆或者妈妈的想法。"

"那你还会去找安娜的妈妈吗？"

"会啊。"查理又站起来，走到另一头奶牛旁边。他有四台挤奶器，可以同时给四头奶牛挤奶，每天早上、晚上各一次。

"那，你会去说服外婆和妈妈改变对安娜的妈妈的看法吗？"

"不会，干吗要挑起家庭战争——你最好也别这么做。"

他说。

"你说得轻巧,你可以开着你的卡车想去哪儿就去哪儿。T老师不会一直待在医院里,他要么治好了回学校,要么将长眠于地下,到时候我就没机会去安娜家了。我还想跟安娜母女俩做朋友。我喜欢她们。"

查理停下手头的活儿看着我。"船到桥头自然直,"他说,"我们接着为你的老师祈祷吧!"

"你觉得,T老师能过得了手术这关吗?"

"不知道……我也希望我知道,可是……我只知道动物……"他走过来,伸开双手抱了抱我,"快去等校车吧,去吧去吧。在学校里开开心心的,阳光小美女!"他让我微笑。

哎呀,我身上不会有一股牛棚里的怪味道吧?

杰弗里

还有谁比我更了解"沉默"呢?没有人。班里这些日子的沉默其实还不是最糟糕的,总归还有人窃窃私语,虽然夹杂着沉重的悲伤和内疚。

彼得的沉默甚至也结束了。他真幸运。

家里的沉默却日复一日——没有人可以说话,没有人可以开解我。彻彻底底的沉默。唯一陪伴我的只有更多的悲伤和内疚。

但在今年不记得什么时候，T老师跟我说过要用不一样的眼光看事情、想事情，多想想别人。我只想着自己的沉默，自己的过错。

但现在我开始想到妈妈的沉默，爸爸的沉默，妈妈的错，爸爸的错。他们也一样很伤心。为什么我一定要等着他们来安慰我？我不要。

在詹姆斯的欢送会后，我偷偷地溜进妈妈的房间，她还是跟以往一样，穿着睡衣躺在床上。我爬到她身边，挨着她躺下来，然后伸出胳膊抱着她，说："妈妈，这不是你的错，我爱你。"妈妈什么也没说，但我躺在那里抱着妈妈睡着了。

醒来的时候，我感觉还挺好的。不知道我的话对妈妈有没有帮助？走出妈妈的房间时，我想起了T老师。他帮我找到了自己。我很想念他，也希望有机会告诉他我的感受。我多么希望他能回来啊！

我发现爸爸坐在客厅——在我们家，这个房间倒不如说是"独处室"——的一把椅子上。他已经回来了，我肯定他睡了挺久。不知道他刚才看见我和妈妈了吗？哦……要跟爸爸说那些话，很困难。我们从来不那样说话，就算是迈克尔还在的时候，我们也不那样。

我在他椅子旁边的沙发上坐下来，轻声打招呼："嘿，爸爸。"

"我看见你跟妈妈在房间里了，"爸爸说，"她很需要你，杰弗里，或许只有你能够帮得了她。"

"爸爸，这不是你的错。"我忍不住说出来。爸爸什么也没说，他没料到我会这么说，很震惊。我站起来，走过去抱了抱爸爸，说："我爱你。"过了一会儿我才放开他，慢慢走出房间。

"也不是你的错！"爸爸在我走出房间之前说道。我听见他的声音有点儿哽咽。我忽然觉得，一切也没那么糟糕。于是我又想到了Ｔ老师。

我在想，爸爸说妈妈需要我。我也不知道可以做什么，所以每天放学后，我就去她房间陪她一会儿。或许我真该这么做吧。

至少我努力了。那也是Ｔ老师教我的。

第九章 5月

杰茜卡

第十一幕／第一场

欢迎来到医院等候大厅，这里到处是一张张严肃而紧张的脸。这些忧心忡忡的人心里都在想些什么呢？他们以不同的方式让自己忙碌起来。有的在看书，有的在看电视，还有一位女士在织毛衣。

来自202教室的我们进场，我们都安静地坐着，四处张望——等T老师的手术结果让我们好焦虑啊！我们可以说话吗？除我们这些学生外，学校里还来了好多人：威廉斯校长和她那个红头发的助理巴顿太太、卢马斯先生、拉迪先生。大家都希望T老师能挺过这一关。学校里的每个人都喜欢T老师。这又一次证明他这个人有多好。

说起来，今天我们应该去上学的，不过威廉斯校长帮我们调了一下课,所以我们才能到这里来。"我不能让那天成为学校的郊游日。"大约一周前她这么告诉我们。那时,我们已经知道T老师做手术的日子,威廉斯校长也意识到我们全班同学都打算去医院。

"我不能让你们所有人都坐上校车,被送往医院。"她说。

"我们的父母可以开车送我们去,"安娜建议道,"顺便让同学搭个便车。"

"我喜欢这个主意,"威廉斯校长说,"那么你们可以自由安排,或者不去也行——如果你们不想去的话。"我想到了杰弗里。

纽伯里、凯尔茜和沃纳老师也都在。学校为他们找了代课老师,但不是每堂课都能找到。我想,如果不是今天要上课的话,全校的老师都会来吧。

我发现没有T老师的家人在场,一个也没有。我想起了他在教室里的桌子。每位老师的桌子上都摆了家庭照片。不过T老师没有。他的病房里也只有两束花,一束是纽伯里老师送的,另一束是雪山学校送的。他也没有一个家人来看他或是坐在这里等待手术结果。他有家人吗?我想知道。妈妈会不会注意到了,却什么也没说?别的同学像我一样注意到了吗?突然间我觉得,关于我们敬爱的老师,我不知道的事情太多了。

"我就是希望他能放开一点儿,给我一个机会……"纽伯里老师悄悄地对威廉斯校长说,"他刚刚开始让我接近他,我都不知道他在怕什么。"

"或许,他在隐藏什么?"威廉斯校长问。

"我就是想要这个机会,我喜欢他,这些孩子们也是,他快点儿好起来吧……"

纽伯里老师的声音有点儿哽咽,威廉斯校长拍了拍她的肩膀,两个人不再说话了。

我的脑袋里忽然涌出好多好多问题。T老师,你一定要挺过来呀,我有好多问题没有答案呢!

"手术要做多久呀?"安娜问。

安娜看到我们惊讶的神情,才意识到自己说出声了。谢天谢地,她打破了这可怕的沉默。谢谢你,安娜。你来打破这沉默最合适。

"八小时。"卢克说,"顺利的话可以快点儿——不顺利的话,得更久。"

大家又都沉默了。

卢克

我已经来过医院好几次了,等候大厅倒是第一次来。T老师做手术这天,我跟同学们一起坐在这里,坐了好几个小时。

等候大厅的布局还不错，设计师尽可能最大化利用空间，这里很宽敞。大厅是长方形结构，隔出了许多小空间。这也很重要，因为在这里等待的人尤其需要隐私。至少，我等待的时候是需要的。

丹妮尔

我们一起坐在等候大厅里，妈妈坐在我旁边。外婆在家里，我不知道如果她和安娜及安娜的妈妈一起坐在这里会怎么样。安娜和她的妈妈就坐在我们对面。大家都围着一张偌大的木头桌子坐。这让我想起了我们的班会，虽然此时我们没有围成一圈坐在地上，也没有"麦克风"，不过还是蛮像的——只是没有人说话。班会都是T老师先发言。我们一直坐着，不说话。哎呀，谢天谢地，安娜开口了。

可是卢克回答完安娜的问题后，又没人说话了，然后杰弗里让我们大吃一惊。他拿出了我们班的"麦克风"，放到了桌子的中间。我看得目瞪口呆，再转头看杰弗里，他怎么会带这个东西？

"我只是有预感会用到它。"杰弗里说。我看见他跟杰茜卡交换了下眼神。

我拿起"麦克风",开始发言:"大家还记得T老师第一次把这个拿出来的时候吗?"我把"麦克风"传给莱克茜。莱克茜说:"那个……当时,我心里想,这老师真是个怪物!不过后来我觉得他挺酷的,特别是数草那次。"

"77 537 412棵草。"卢克提醒我们,"T老师出的那个题目真好玩儿。"

"麦克风"轮着转,大家分享着不同的故事和回忆,真好。这时,一位医生走进等候大厅。

杰茜卡

第十一幕/第二场

一位穿着绿色手术服的人来到等候大厅,头上戴着配套的帽子,看着有点儿像浴帽。

他一进门我就看到他了。他是找我们的吗?好快!是不是手术出了问题?我的身体好像一下子就僵硬了。

接着我看到杰弗里有些不对劲,他几乎快喘不过气来了——这个地方,特别是还有医生,一定勾起他太多痛苦的回忆!我赶紧扶住他,悄悄说:"没事的,没事的!正常呼吸就好。"妈妈也过来帮我安抚他,还坐到杰弗里另一边去搂着他。我之前跟妈妈说过杰弗里的故事,不过其他人都不知道,只是诧异地看着我们,不明白为什么杰弗里会突然虚脱成这样。

　　医生不是来找我们的，杰弗里这才慢慢平复下来。医生朝那个织毛衣的女人走过去，快走到的时候，他深深吸了一口气。不知道他是不是为了准备传达坏消息而深吸一口气的。他拉过一把椅子，坐在她对面。

　　织毛衣的女人忽然发现医生坐下来了，于是停下手上的动作，眼睛注视着医生的脸。他的嘴唇动也没有动，只是摇摇头，表情悲痛。织毛衣的女人的嘴角耷拉下来，毛线和针都掉到地上，她双手捂住脸，开始无声地哭泣，流着孤单的泪水。

　　医生用一只手拍着她的背，说："对不起……"又等了一会儿，他站起来走了。

　　我才意识到，我的眼泪也顺着脸颊流下来了。看看身边的同学，有些人也一样。我好害怕，还好我不是一个人。

杰弗里

　　呼吸困难，痛苦的回忆……到处都是坏消息……一看见医生过来了……我就喘不上气来……

　　杰茜卡发现我不对劲，她跟她的妈妈伸出胳膊抱住我，帮我平复下来。

　　医生不是来找我们的，他是去给别人通知坏消息的。

我知道那是怎么回事。

"对不起!"医生跟我的家人说。他只说了这三个字,我们就知道迈克尔走了。

丹妮尔

彼得拿到了"麦克风"。他现在还是不大说话,除非你问他什么,他才回答。我们也不再对他视而不见,但他大多数时候还是安静地不说话。他也从来不提T老师或任何和那次意外有关的事。我,还有大家都屏住呼吸——至少,那是当时的感觉。

"我还记得当时我说应该邀请'爱心小班'的孩子们来我们班玩儿的时候,T老师擦着眼睛。那时候我不懂为什么,现在我懂了。"

彼得把"麦克风"放回到桌子上。

莱克茜

听了彼得的话,我又去把"麦克风"拿过来。我明白他的意思,就是说,以前不理解的一些事,现在忽然理解了。我知道。

"T老师那次把我带到大厅里……那个……跟我说了一些话。当时我好恨他,特别恨,虽然他说的都是事实,但当时我就是不愿意听。我讨厌他,讨厌那些事实。"

我停下来,不过还没有把"麦克风"放回去。我想了想,接着说:"我希望T老师醒过来,这样他才能看见我现在听他的话了。"我补充说,"是他帮助我改变的,我想让他知道。"

我把"麦克风"放回桌子上。彼得又拿了起来。

彼得

我决定把"麦克风"拿来,再说一件事,说不定与大家一起分享回忆能帮T老师挺过手术这一关呢!

手术,脑部手术,真的没想到T老师居然要做这种手术,而且都是因为我,是我扔出那颗雪球的。我的思绪总是会飘回到那天。

"我想起那次在足球场上扔硬纸板,T老师说了我几句,但仅此而已;还有那次我把水弄在地上,他也稍微说了我几句,仅此而已。我想,从来没发生什么不好的事。是我扔的雪球,不管你们说什么,就是我的错,永远都是……"我说不下去了,拼命把眼泪忍回去,但我没放下"麦克风",我还没说完。

"对不起。"我看着每一个人说,"对不起,因为我的错,你们才都到这里来。"

我把"麦克风"放回桌子上，任它在上面滚动。

没有人来得及回应，又有一位医生走进来了——这次他是朝我们走来的。

杰茜卡

第十一幕/第三场

等候大厅的门开了，又走进来一位医生，一样穿着绿色的手术服、戴着帽子，还戴着口罩。

杰弗里又开始喘不上气了。我和妈妈让他平静下来。我紧握了一下妈妈的手，妈妈也回应了我。是这位医生吗？

医生把手伸到脑袋后面，解下口罩。他是T老师的医生。我看见他朝我们走来时，深深地吸了一口气！

卢克

我看到威尔金斯医生朝我们走来，心脏好像汽车油门已经踩到底时那样怦怦直跳。求求您，求求您，给我一个好消息吧……我在脑海里一遍遍重复这个念头。妈妈捏了捏我的肩膀。

威尔金斯医生找到一把椅子，和我们坐在一起，微笑着说："各位，是好消息，手术很成功！"

我们的脸上露出微笑，慢慢地呼出一口气。我还轻轻抱了抱妈妈。

"血是止住了,不过他可能还得昏迷一阵子。"威尔金斯医生接着说。

安娜着急地问:"为什么?我以为把血止住了,他就会醒过来了。"她的声音都变大了,还有点儿颤抖,"我认为应该是那样。"

安娜把我们的困惑都问了出来,威尔金斯医生还没说话,杰弗里先开口了:"现在我们就是等等看。"他深深地吸了一口气,又慢慢地吐出来,"血止住了是好事,但是不能保证T老师一定能醒来,我们只能再等等看。"深呼吸,深呼吸……他为什么这么紧张?他说得好困难,对了,他没有来医院看过T老师吧?不过每次我回去后,他都仔细地问我情况。杰弗里是怎么回事啊?

"没错,我们只能等等看,希望情况往好的方向发展。"威尔金斯医生补充说。

彼得问:"我们能看看他吗?"

"今天不行,T先生现在在监护室接受术后密切观察。"

"为什么他需要密切观察?"安娜的声音小得已经像是在说悄悄话了,"我以为他现在好了呢……"

"做过大手术后,病人都需要密切观察,这很正常。目前来看,T先生的状况还是不错的。"威尔金斯医生解释道。

我们无助地看着他,好像是一支刚输了比赛的球队。

"哎呀,同学们,不要放弃呀,这时候你们的老师最需要你们了,这是今天的好消息。"

安娜在关键时刻挺身而出。她带头说了我们都需要听的话:"T老师会平安的,相信我。要乐观,T老师也跟我讲过这句话,他说得对!"

杰弗里

等等看。

那时候,迈克尔的医生也是让我们"等等看",可他没有挺过来,爸爸妈妈的生活突然间就垮了。我也不知道他们还能不能好起来,但不妨怀有希望。希望T老师能挺过去。我努力相信安娜说的话。

杰茜卡

第十一幕/第四场

就是这样,还要等等看。这感觉太虎头蛇尾了——已经等了一整天结果了,还说回家再等等吧。

大家陆陆续续回家了,我和妈妈准备走的时候,就剩安娜和她的妈妈,丹妮尔和她的妈妈。莱克茜和杰弗里搭我们的车走了。

等等看……等等看……

安娜

等候大厅里慢慢空下来，我突然发现没什么人了，丹妮尔和她的妈妈就坐在我们对面！我知道她的妈妈很讨厌我们，心里很不安，不过还是决定碰碰运气。

"丹妮尔，我可以和你一起祈祷吗？"

"好啊！"丹妮尔想也没想就答应了。

我们一起低下头，跟着丹妮尔为T老师祈祷。那是一次美好的祈祷。祈祷完后，我感觉丹妮尔的妈妈看我的眼神有些变了。

然后我和妈妈就走了，等候大厅里还剩下丹妮尔和她的妈妈、卢克和他的妈妈、彼得、威廉斯校长、纽伯里老师。T老师和纽伯里老师现在是什么关系？我虽然不知道，但是我忽然为纽伯里老师感到伤心，她一定特别希望T老师醒过来。这一点哪怕是不善于察言观色的人都看得出来。我们这么多人都在等您，T老师加油呀！

丹妮尔

安娜问能不能跟我一起祈祷时，我忽然觉得妈妈有点儿警觉。这些犯过错的人，怎么会想跟我们一起祈祷呢？

妈妈肯定很好奇。

"我们现在只能等等看了。如果能缩短等待的时间，把T老师救下就好了。这里有太多太多的人想要T老师快点儿回来……"我悄悄地说，因为彼得坐在我们旁边，"我希望彼得能多得到一些安慰，还有杰弗里，虽然我也不知道他怎么了。"

安娜很聪明。她希望我们两家人能和睦相处，所以要求和我们一起祈祷。我知道如果特丽和我们一起祈祷的话，我的妈妈就不会觉得她不好，而且安娜本来就很亲切又讨人喜欢。至少我希望这是真的。

杰茜卡

第十一幕/第五场

我们先送莱克茜回了家，然后再送杰弗里。杰弗里下车前，我问："你没事吧？"

"嗯，没事。刚才谢谢你，谢谢阿姨。"

"不客气。"我跟妈妈一起回答。

"今天大家肯定觉得我莫名其妙。"

"放心吧，没人知道你的秘密。"

杰弗里打开车门，却没有立刻下车："我一直想跟你说，杰茜卡，T老师发生意外不是你的错。你别总是这么想。"

杰弗里的话吓了我一跳。我确实感到内疚，是我把丹妮尔和安娜叫去捉弄彼得的，导致彼得扔出那颗毁灭一切的雪球。

"杰弗里，那意外为什么会发生呢？我跟你说过，但我还是不知道对我而言，理由是什么。"

"我也不知道，可是不知道理由也不代表就是你的错。"

我们安静地坐着，妈妈什么话也没说。我低头盯着手看，真想手里拿一本书啊！没有书，我只好抠指甲。

杰弗里又开口说："我只知道一件事，杰茜卡。"他今天喊了我两次"杰茜卡"，"谢谢你帮我，这么久以来我都没有可以说话的人，谢谢你。"说完，他就下车走了。

我们开车离开前，看到杰弗里的妈妈在门口等他——她穿的不是睡衣！他们拥抱在一起。

我跟妈妈离开时眼中含着泪水，我知道这一定又是受T老师的影响。开了一会儿车，妈妈开口说话了："杰茜卡，我得跟你说点儿大人都很难理解的事，但是我需要你试试看，好吗？"

我点点头，坐直身体，重新紧了紧安全带。

"我知道，你和班上其他同学一样一直在纠结T老师发生意外到底是谁的错。可怜的彼得也很痛苦，能帮他走出来的也只有T老师了。"前面有停车标志，妈妈将车速降下来，往两边望了望。

"那么，是谁的错呢？"我的声音变大了。妈妈跟着车流走，她把车子左转后踩了油门。

"是T老师的错。"

我转头看窗外，我不想听这样的话！

"杰茜卡，你可以不同意我说的话，可是你必须听我说完，让我解释清楚。"

我只好不情愿地转过头来看着她。我不希望她是对的。

"谢谢！"她说，"我跟你说了这理解起来有点儿困难嘛。"又是红灯。

"今年早些时候彼得的那些事，卢克的植物营养液实验，还有其他调皮捣蛋的事。"妈妈顿了顿，说，"我想T老师那么处理，是因为他想教会你们承担责任。"绿灯亮了，我们接着前进。

"可是，那样处理的代价就是导致这个事故。他同意你们在雪地里疯玩儿，希望你们知道分寸——对自己的行为负责，于是他什么都没有干涉。"妈妈接着说。

"这有什么不好？所以他才跟别的老师不一样呀！给我们那些机会不好吗？！"

"亲爱的，别说过去怎么样，T老师一直很特别，现在也很特别。"

"行吧，"我有点儿不高兴地说，"难道不是吗？"其实我不高兴是因为我想继续听妈妈说下去，我想知道她的答案。我摇下车窗，突然觉得好热，让风吹着我的脸。

"确实，这是T老师的特别之处。但你们终归是孩子，要让你们自己承担这些责任是不公平的。不可能总是让你们自己处理问题。所以，这就是为什么我说是他的错。"妈妈的语气特别冷静，我知道她不想让我太伤心。

"他错在一直要求还是孩子的我们像大人一样为自己负责，"我重复着妈妈的话，"换句话说，如果他不这样，不许我们疯玩儿，那这个雪球就不会扔出去了。"

"完全正确。"妈妈说。

"哦……那，照这么理解，如果我们不放任爸爸，他就不会和那个花痴女人交往了。"

我们的车子突然急转弯。妈妈震惊地看着我。我们好久没谈论过爸爸了，不过一想到他和他那花痴女朋友，我的情绪又激动了。其实，我的词汇量很丰富，找个委婉点儿的词完全没问题。不过，没有比这更精准的形容词了吧？

"所以，如果T老师好起来，也会有麻烦等着他，是这样吗？"

"也不一定，"妈妈说，"还有，注意你的用词。不过我同意，那个女人确实不怎么样。"

车子速度减慢，妈妈把车开进我们的车道里。她把车子停好，熄火。我解开安全带。

"杰茜卡，我去找过威廉斯校长和其他家长，还有学校里其他人。因为我们都很担心你们怎么看待这件事。没人希望T老师有麻烦。大家都知道他是个了不起的老师，大家都希望他快些好起来。"

妈妈靠过来，抱了抱我，我也抱了抱妈妈。

"你知道吗？那天特丽告诉我，安娜问她发生在她身上的事情是不是自己的错。"

"安娜的错？"我说，"当然不是了！"

"对呀！"妈妈说，"所以我也想跟你说，我和你爸爸之间的事也绝对不是你的错。"

我需要这句话。我又抱了抱妈妈，没说什么，因为我知道我一开口肯定会哭。妈妈也很安静——或许跟我的原因一样吧。车里充满了安静和爱。

第十章 6月

杰茜卡

终幕/第一场

欢迎来到学校,今天是本学期的最后一天,这里有音乐、电影和游戏,到处都有歌声、笑声和欢乐。每个人都有蛋糕和饼干可吃,都可以畅快地玩。至少这些是学期最后一天应该包含的内容。不过我们班却不是这样。

我从来没有在这种时候哭过,可是今天我只想大哭一场,而且我知道,班里这么想的绝对不止我一个人。我们是多么希望在五年级的最后一天,T老师能来跟我们一起度过——可是没有!

我一直在猜想,我所不知道的T老师是什么样的呢?那天在医院等候大厅里想到这个之后,我就一直在想这个问题。所有人都喜欢T老师,却没有人跟他那么亲近——

除纽伯里老师外,不过纽伯里老师也希望能够和他更亲近一点儿。有时候我在想,他们所关心的不仅仅是他这个人,还有我们——因为他们知道我们是和他最亲近的人。但是,我们都不真正地了解他。或许我们有多了解他并不重要,重要的是我们都爱他。

我从没对任何人说起这些,连妈妈也没说。我很想说,但有什么意义呢——T老师不在……他还没好起来……

莱克茜

上星期我去医院看T老师,护士说他们在做事,叫我先回去。当时我有点儿生气,可是也没想到会发生什么事。

现在我开始怀疑或许是有什么事发生了。威廉斯校长和纽伯里老师有点儿不对劲,威廉斯校长有点儿……精神太好了——哼唱着小曲儿,还时不时对纽伯里老师点个头。还有纽伯里老师,过一会儿将脑袋伸进来看一看我们,过一会儿又来了!是不是T老师醒来了?那个,她们故意瞒着我们,是准备给我们一个惊喜吗?我告诉你,肯定有什么事瞒着我们!

丹妮尔

T老师什么时候才能清醒呢?今天是本学期的最后一

天了，我多希望能看到 T 老师啊！

安娜

威廉斯校长让我很生气。我们全班都好伤心，只有她好像开心得不行——走路都快要一蹦一跳了，有时候还哼着歌，但一发现我们在看她，她又马上停下来。这学期要结束了，她是为这个开心吗？

然后我突然又冒出一个想法："她是不是知道了什么我们不知道的事？"

卢克

没有 T 老师，对我来说，一切都变得大不相同。我一直相信受了重伤的他会慢慢康复的，但现在这学期即将结束，他不会好起来这件事变得更加真实。我很害怕。

杰弗里

这是一年中最糟糕的一天了。真不知道威廉斯校长到底怎么回事，我看到她还对安娜眨眼睛。我好想对她大吼一声："你在干吗？你不知道 T 老师快死了吗？"我才不管她是不是校长。

可是我还是忍住了我的愤怒，这位女士，你敢对我眨眼试试？！

杰茜卡

终幕/第二场

一整天我都在拼命忍着眼泪，这时候眼泪终于可以毫无顾忌地流出来了。我简直不敢相信——T老师回来了！他好好地回来了！

我们都从座位上起来，所有人都围住T老师，紧紧抱成一团。

"我好想你们……"

"我们也好想你！"大家一起喊道。

"我好爱你们呀！"他弯下腰来看着我们每个人，拥抱我们每个人。

T老师拥抱我的时候，话从我嘴里蹦出来："T老师，我爱您。"

"我也爱你，杰茜卡。"

我们又拥抱了一会儿，然后T老师发现了彼得。他还在座位上，没有参与拥抱——或许，他被吓坏了吧，吓得不敢去想T老师会对他做什么或说什么。

T老师站起来，朝彼得走过去。我们看着，他就像过去每天教我们的那样，向我们展示了如何原谅。

卢克

威廉斯校长开始说话了："孩子们，我得先宣布一件事，你们等一会儿再跟你们的老师叙旧！"她笑着说，"学校董事会决定，下个学年，学校将找一个班级做连班实验。"

安娜第一个问："这是什么意思？"

"连班就是学生和老师一起升到下一个年级。"威廉斯校长解释道。

班里迅速安静下来，特别安静，好像所有人都屏住了呼吸。大家想的都是同一件事吗？我四处看了看，杰茜卡笑着对我点了点头。

"孩子们，下学年你们班就连班啦！"威廉斯校长说。

"还是T老师教我们吗？"安娜又问。

"没错。"T老师回答。

我们高兴得跳起来，又叫又喊。威廉斯校长要走了，我跑了过去。

"威廉斯校长，请等一等。"

她转过身，问："卢克，什么事？"

"谢谢您！"突然间，我身后都安静下来，全班同学都停下来，看着威廉斯校长。

"谢谢您，威廉斯校长！"我们齐声说。

她看了看T老师，我离她很近，听见她说："T老师，有你在，这间教室就有魔法……魔法。"

她抱了抱T老师，然后离开了。

莱克茜

T老师挺过来了！那个，他在学期最后一天毫无征兆地突然出现了，真是最大的惊喜。每个人都冲过去拥抱他，然后T老师还去抱了抱彼得。

T老师这么做，我更喜欢他了。想起那天他把我叫到走廊，跟我说要怎么对人友好，你看，他是说到做到呢。等大家都平静下来以后，我才走到T老师面前。

"那个……我……现在和大家都挺好的，老师。"我说，"您会为我骄傲的。"

"你一直都很好，莱克茜，"T老师说，"你只是学会了怎么表现你的好。不过你说得对，我真为你感到骄傲。"

"真期待下个学期呀！"

"我也是。我想念你。"

我又抱了抱老师，说："我爱您，老师。"

"我也爱你。"

现在，我们好像只能等到下个学期才能再次见到T老师了，但我已经等不及啦！

> **杰弗里**

有时候上学还是挺好的——下学期就是这样，因为T老师回来了。

我还以为他撑不过去，我以为他会死掉，像迈克尔一样。我很努力地帮迈克尔，可是一点儿用都没有。我不知道自己有没有帮到T老师一点点，但是他挺过来了。那天他倒在雪里的时候，我第一时间冲了过去，联系医院，让他们打电话报警，又找到了威廉斯校长。我做了那些，那样够吗？

T老师抱了抱彼得，他没有责怪任何人。杰茜卡跟我说，迈克尔的死不是我的错。也许你只能竭尽全力做你该做的，因为结果怎么样，你没办法掌控。我想怀抱希望是可以的，有时候还很有用。

现在，我也一点一点地把爸爸妈妈拉回来了，家里不再是没完没了的沉默，虽然他们俩话还不太多。妈妈已经不再整天只穿睡衣了，但还是不肯出门。不过没关系，她已经好多了，至少她开始试着变好，就像我和爸爸一样。我希望他们之间的关系越来越好。

我很想念哥哥，我也很高兴T老师能回来，现在，我已经找到了这一切对于我的意义。如果不是因为T老师这起事故，我不会去试着打破爸爸妈妈之间的僵局。那时候我好想跟T老师说我爱他,可是,他还在昏迷中,我好害怕没有机会告诉他。也就是那时候,我知道我不想错过跟爸爸妈妈说我爱他们的机会,所以,我主动打破了沉默。

我真的好开心,好高兴。

安娜

本学期最后一天真是太棒了!T老师挺过来了,我从来没有这么开心过。我的嗓子眼儿里、心里、胃里,到处都觉得很舒服,全都开心地燃烧起来,也许还因为松了一口气吧。得知我们班要实行连班制,我又一次高兴得心痛起来。

"9号校车,搭乘9号校车的同学现在可以上车了。"声音从扩音器里传来。

"老师再见!暑假快乐!"我跑过去,拥抱T老师。

"你也是呀,安娜。"

"啊,还有,老师。"我抬头看着他,他也低头看着我,"我觉得,纽伯里老师挺喜欢您的。嗯,就是跟您说一声。"我笑着说。

T老师也笑了笑:"小安娜,谢谢你的提醒。"

"9号校车即将开车了。"扩音器里的声音宣布。

我昂着头匆匆走出202教室。但我没能赶上9号校车。

我刚冲下楼,就碰见了妈妈,还有查理。查理对我喊:"你好呀,小朋友!"

"嘿!你是来接丹妮尔的吗?她还在楼上!"我正说着,就看见丹妮尔的妈妈正好也走进来。她马上就看见了我们。"阿姨好!"我鼓起勇气说,"要不我上楼帮您把丹妮尔叫下来?"

这时丹妮尔穿过楼梯间的门走进大厅,她花了一点儿时间把大家都看了一遍,然后跟我交换了一下眼神。今天是个开心并值得庆祝的日子,希望不会有什么让人失望的事发生。

"你好,罗伯茨太太,"妈妈说着,伸出她的手,"我是特丽,这是我的女儿安娜。上次在医院也没能好好地认识一下,如果你们有时间,欢迎你和丹妮尔下午来我们家玩儿,我们可以喝杯茶或咖啡,让孩子们自己玩会儿。"

"球"到了丹妮尔的妈妈这边了,我屏住呼吸……丹妮尔的妈妈也伸出手,友好地说:"你好!请叫我苏珊,我们很高兴能去你家玩儿。"她看了一眼兴奋得直点头的丹妮尔,掩饰不住满脸惊讶。然后,丹妮尔的妈妈又看了看查理。

T老师不知道什么时候也到大厅里了,冲我和丹妮尔竖了竖拇指。他也知道故事的来龙去脉吗?知道吗?

我们向全世界最好的老师挥手再见。

丹妮尔

这是从一个不是真正朋友的老朋友（莱克茜）那里开始的。先是来了一个新同学（杰茜卡），我喜欢她，但有人告诉我不要喜欢她，然后我和安娜成了朋友。我们与"爱心小班"合作，完成了一个关于丰收节的作业。我也发现那个老朋友根本不是我的朋友，从此她就落了单。我有杰茜卡和安娜两个朋友。

然后那个事故发生了。杰弗里跑去找人帮忙时，我扶着T老师的头，把我的帽子和外套垫在下面，免得他躺在冰冷的雪地上。我和杰茜卡、安娜一起去医院看望T老师，结果在那里找回了老朋友。莱克茜又回来了，而且她变好了。詹姆斯转学了，但他让我们重新看见彼得。我们一直在观望T老师的情况，直到今天。

今天T老师回来了！我们又得知下一学年T老师还教我们。我等不及要告诉外婆这个消息了。在我难过的时候，是她陪在我身边，她也为我们祈祷。不过，我不想把今天最后一个好消息告诉她，那个就交给妈妈来说吧。

我跟安娜说了再见，祝她度过一个愉快的暑假。看着她走出教室去赶校车的时候，T老师说："丹妮尔，我看到你妈妈正从停车场走过来。"他看向窗外，"她一定是来接你的。"

"好的。谢谢。"我说着,一把拿起我的东西,"祝您暑假愉快。真希望秋天快点儿到来。"

"再见,丹妮尔。"T老师说。

我跑过去再次拥抱了他。"我很高兴您回来了。"我告诉他。我放开手,看着他的脸,这才急急忙忙下楼。

我下楼来到大厅,见到了每一个人——妈妈、查理、安娜和特丽。查理是和妈妈或者是和特丽一起来的吗?哦,天哪,我想。不过一切顺利。妈妈握了特丽的手,接受了她喝咖啡的邀请。然后妈妈看了看查理,但什么也没说,也没有做任何表情。为了我们,她非常努力。

当我们离开时,T老师对我们竖起了拇指。他看了多久?他知道多少?

晚上,我在日记里写道:"T老师又回到我们中间,而且他下学期还陪着我们。我的妈妈给安娜和她的妈妈一个机会,现在我希望外婆也能改变……我得费多少力气才能说动她呢?"

彼得

我听到了不知从哪里冒出来的尖叫声:"T老师!"然后我周围的人都跳起来朝教室门口跑去,真是令人无法相信!

T老师回来了!

T老师回来了!我的眼泪止也止不住,他就在那里站着……好好的……

我待在座位上没动,努力让自己看起来更渺小,可T老师还是发现了我。他朝我走过来时,教室里突然变得好安静。我又害怕了。

T老师在我前面蹲下来,直直地看着我,然后给了我这辈子最棒的拥抱。浑身颤抖的我也使劲把他抱得更紧,同时吸着流鼻涕的鼻子。

"没事,彼得,"他在我耳边悄悄说,"我不怪你。"

忽然我觉得如释重负,真的好像卸下了千斤重担。

杰茜卡

终幕/终场

我明白了一件事。我终于不再想回加州了,也没那么想爸爸了。我就要上六年级了!我们的老师还是T老师!我想问问他家里的情况,我想跟他说纽伯里老师亲近他是因为真的很关心他,但现在还不是时候。下学期开学后机会多的是,现在,我要好好享受这场谢幕。

我看过的书不少,不过我认为我们的故事也一样精彩!我知道,T老师一定也会同意——这是一个快乐的结局。

卢克

我们要上六年级了，T老师还是我们的老师。我想起威廉斯校长说的"魔法"。我抬头看见T老师跟几个同学坐在一起。我想，威廉斯校长说得对，这确实是魔法。

他是我的老师，"1美元单词"老师。

T老师的名字叫特拉普特（Terupt，"1美元单词"）。